岭南不老 · 故事常新

# 岭南民间故事

LINGNAN FOLK TALE

一苇◎述

SPM
南方出版传媒
广东经济出版社
·广州·

图书在版编目（CIP）数据

岭南民间故事 / 一苇 述 . 广州：广东经济出版社，2019.5

ISBN 978-7-5454-6492-4

Ⅰ . ①岭 … Ⅱ . ①一 … Ⅲ . ①民间故事—作品集—广东 Ⅳ . ① I277.3

中国版本图书馆 CIP 数据核字（2018）第 260073 号

出 版 人：李 鹏
责任编辑：王 瑾
责任技编：许伟斌
内文插画：黄盛林
装帧设计：介 桑

出版发行：广东经济出版社（ 广州市环市东路水荫路 11 号 11 ～ 12 楼 ）
经　　销：全国新华书店
印　　刷：广州市岭美彩印有限公司
（广州市荔湾区花地大道南海南工商贸易区 A 幢）
开　　本：889 毫米 ×1194 毫米　1 / 32
印　　张：9.25　2 插页
字　　数：140000 字
版　　次：2019 年 5 月第 1 版
印　　次：2019 年 5 月第 1 次
书　　号：ISBN 978-7-5454-6492-4
定　　价：49.80 元

如发现印装质量问题，影响阅读，请与承印厂联系调换。
发行部地址：广州市环市东路水荫路 11 号 11 楼
电话：（020）38306055　邮政编码：510075
邮购地址：广州市环市路水荫路 11 号 11 楼
电话：（020）37601980　邮政编码：510075
营销网址：http：// www.gebook.com
广东经济出版社常年法律顾问：胡志海律师

# 岭南故事与我的童年

心理学家荣格认为，儿童生活在潜意识中。

这有两层含义：①儿童尚未形成清晰明确的意识，他（她）只拥有相对混沌的潜意识；②当儿童成长为大人，意识从潜意识的深海升起，儿童时期的经历将沉入难以感知的潜意识，化作一股冥冥之中的力量，对人的一生产生难以估量的影响。

荣格的理论大致能解释我对故事的迷恋。小时候，母亲每天出田干活，她把我放在老屋的一个大木盆里。在孤独、无助、悲伤的痛哭之后，目盲的祖父给我讲故事。故事之旅就这样开始了：竹王得到了一条神鞭，月圆之夜，他手执神鞭上山打竹，竹节纷纷爆开，出来十万神兵；太阳山撒满金银珠宝，二郎乘坐大鹏鸟得宝回来，大郎却永远回不来了；罗隐又开金口了，倒在水稻田里的面条全变了牛蜞，钵子窑一日就烧好了，而被诅咒的山鸡永远长不肥……我在进入世俗生活之前，先闯入了神奇魔幻的故事世界。故事成了时光的盛宴，初生的小孩与目盲的老人因为故事而建立关联。在听故事的过程中，我克服了悲伤，生长出喜悦；战胜了恐惧，渐变得从容。我在听故事、讲故事的过程中学会说话。铭刻在我生命根基里的语言是故事语言，这一点的确至关重要。虽然祖父早已离世，但是他在我的童年埋下了宝藏。

我童年时的芦村仍然延续着千百年来传统的农耕生活，夏日农闲时，芦村渡口、榕树头、老房子的门前屋后，总有老人摇着扇子讲故事，每每有人讲故事，我总爱凑过去听。在上小学之前，我是一个故事接收器。芦村是个岭南小村落，街头巷尾的故事虽说深有趣味，但大多并不完整，我记得村里一位老人反反复复讲的“皇帝变蟾蜍”片段，后来发现它是《蟾蜍仔》里的一节；我记得小伙伴总说“猪哥精跌落茅坑”，后来发现它是《猪哥精》的笑点；我记得祖父说过，稻子原本四条腿，螃蟹原本圆鼓鼓，后来读《林兰童话》、读《中国民间故事集成·广东卷》，发现它们是经典的岭南故事。

这本书所收录的故事，并不完全是我记忆里挖掘出来的，它们中的大多数是这些年努力追寻的结果。我童年听过的多数故事如今已不能清晰记起，一来听故事时年纪太小，二来祖父讲故事很少重复（我一再要求听的故事除外）。祖父年轻时爱读闲书，尤喜道听途说，我已然无法统计他讲过多少故事，我追忆它们，查找它们，追踪它们，一本接着一本读各式各样的故事书，试图重温它们。有时候，读到一个故事文本，我的心突然被紧紧拽住，内心深处传来悠远的回响，仿佛潜藏在生命深处的星星骤然被擦亮，喜悦充盈了整个身心——这种时候我就知道，我与我的童年故事相遇了。你可曾在人世跋涉多年之后，再次遇上儿时的玩伴？如果有过这样的经历，也许你能体会我无与伦比的快慰。

把这些童年故事重新讲述出来再结集成册是我多年的愿望。讲故事的人会老去，然而故事永远鲜活。我想象过我祖父的童年，在他还是孩子的时候，一定曾为这些故事着迷，正如我儿时为它们着迷一样。现在，亲爱的孩子们，就让我把这些故事送到你们的童年去吧！

一苇

# 目　录


001　范丹问佛

012　田螺姑娘

021　燕子报恩

034　狗耕田

046　猪哥精

057　葫芦酒瓶碌一碌

066　人心不足蛇吞象

075　罗隐

090　秀才不出门，能知天下事

097　担谷公与担灯草

103　太阳山

116 河伯与樵夫
122 老虎不怕就怕漏
128 圣贤愁
133 母亲
139 吹箫者的奇遇
147 同病相怜
155 恶婆婆变猴子
162 稻子原本四条腿
167 活诸葛
173 猴娃娘
185 金瓜子
192 竹王传说

210 渔夫与水鬼
220 蟾蜍仔
233 陈仰忠
239 靓妹和疤妹
254 牛偷禾
258 熊人公背媳妇
263 “画神仙”李子长
270 老隆婆
279 渡水乳儿
284 姑嫂墓

# 范丹问佛

从前有个穷叫花子，名叫范丹，他自幼失去父母，孤苦伶仃，只好讨饭度日。

日复一日，范丹长到十八岁，看着别人娶妻生子，心想，自己也该有点积蓄，成家立业了。于是，他开始省吃俭用，每日把讨来的米装在一个大米升里。

可是非常奇怪，他的米升总装不满，来来去去只有大半升。

一天半夜，范丹起身解手，看见一只白老鼠，正在他的米升里偷米吃。

范丹怒从心上起，一下扑过去，把白老鼠按在地上。

“吱吱，吱吱！”白老鼠嚷起来，“范

丹你不要打我，不要打我！你命中注定八合米，不能让你积满升。”

“什么？”范丹觉得很奇怪，“你说我命中注定八合米，要一辈子受穷？”

“没错，佛爷就这么说的，不信呀，你上西天问他去。”

“我就不信要穷一辈子！你等着，我这就上西天，去向佛爷问问前程，看我范丹啥时候能时来运转！”

范丹放了白老鼠，穿上破草鞋，出了门，大步朝西天走去。他踏着露水，走了大半夜，天亮时来到蔡家庄，他在一户大户人家门前停下来，敲门讨早饭吃。

一个哑姑娘打开门，给他端来一碗热气腾腾的瘦肉粥。吃过粥，范丹把碗还给蔡员外，蔡员外问他：“你叫什么名字？一大早要上哪儿去？”

“我叫范丹，要上西天问佛爷，看啥时

候时来运转。”

蔡员外一听很高兴：“你见着佛爷帮我问一问，我家闺女十六岁了，为什么还不会说话？”

“没问题，我一定帮你问。”

范丹辞别蔡员外，继续朝西天走，走呀走，走到黑风山，天下起大雨。路旁有座土地庙，范丹钻进庙里躲雨，土地公见有人进来，问他说：“小伙子，你是谁，急匆匆要上哪儿去？”

“我叫范丹，要上西天问佛爷，看啥时候时来运转。”

“你要上西天真是太好了！见到佛爷记得帮我问一问，我在黑风山当了五百年土地公，什么时候才能升官，当上城隍爷？”

“没问题，我一定帮你问。”

范丹辞别土地公，继续朝西天走，走呀走，走到通天河。通天河白浪滔天，范丹正发愁无法过河，就看到河里有只大鼋。

范丹大声喊：“大鼋大鼋，过来驮我过河，可不可以？”

大鼋朝范丹游来，问他说：“你是谁，过河要去哪里呢？”

“我叫范丹，要上西天问佛爷，看什么时候时来运转。”

大鼋一听很高兴：“你见着佛爷记得帮我问一问，我修行了一千五百年，为什么还不能得道成仙、化龙飞升？”

“没问题，我一定帮你问。”

范丹过了河，继续往西走，走呀走，终于走到西天，见到佛爷。

佛爷坐在佛台上，一手指天，一手指地，见范丹来到面前，问他说：“范丹，你找我什么事？”

范丹恭敬跪下：“范丹来找佛爷打卦问事。”

“好，你问别人的事，还是问自己的事？”

“先问别人的事。通天河有只大鼋，它修炼了一千五百年，为什么还不能得道成仙？”

佛爷打了一个卦：“大鼋甲壳里藏有二十四颗夜明珠，把仙气压住了，你让它把夜明珠取出来，就能得道成仙了。”

范丹谢过佛爷：“黑风山有个土地公，他已经当了五百年的土地公，什么时候能当上城隍爷？”

佛爷又打了一个卦：“黑风山土地公左脚踏着一坛金，右脚踏着一坛银，你让他把两坛金银挖出来送人，就能升官当城隍爷了。”

范丹谢过佛爷：“还有一事，蔡家庄蔡员外有个闺女十六岁了，为什么还不会说话？”

佛爷打了第三个卦：“等蔡家闺女见到她的亲丈夫，自然就会开口说话了。”

范丹谢过佛爷，问起自己的事：“佛爷，

白老鼠说我命中注定八合米，不能让我积满升——莫非我要一辈子受穷吗？我范丹什么时候才能时来运转呢？”

“我十二年只打三个卦，来我这里问事的人，‘问人不问己，问三不问四’——范丹，你回去吧！”说完，佛爷低头微笑，不再说话。

范丹只好辞别佛爷，往来路走，走呀走，走到通天河，大鼋游过来问：“范丹，我的事你问了没有？”

“问了，佛爷说你甲壳里有24颗夜明珠，压住了仙气，取出夜明珠，就能得道成仙。”

大鼋沉默了好久，它背范丹渡过通天河，教范丹揭开它的甲壳，从里面取出24颗硕大的明珠，对他说：“范丹，你代我问佛，这一路上辛苦了，这珠子，送给你吧！”

一送出明珠，当即风起云涌，大鼋化成飞龙，得道成仙了。

范丹带着夜明珠，继续往回走，走呀走，走到黑风山，土地公叫住他：“范丹，我的

“范丹，你回去吧！”说完，佛爷低头微笑，不再说话。

事你问了没有？”

“问了，佛爷说你左脚踏金右脚踏银，把脚底下的金银挖出来送人，就能升城隍爷了。”

“原来如此。你代我问佛辛苦了，这两坛金银就送给你吧！”

土地公从左脚下挖出一坛金子，右脚下挖出一坛银子，两坛金银一块送给范丹。一送出金银，阎罗王随即传来圣旨，封土地公为城隍爷。

范丹挑起两坛金银，继续往回走，来到蔡家庄，哑闺女看到他，从阁楼走下来说：“爹爹，问佛的人回来了。”

蔡员外叫住范丹，问他：“范丹，我的事你问了没有？”

“问了，佛爷说，等哑姑娘见着她的亲丈夫，自然就会说话了。”

“啊，原来如此！闺女刚才看你回来，当即开口说话，这真是姻缘天注定！范丹，你先住下，我把闺女许配给你！”

范丹与蔡姑娘择日成了亲，在蔡员外家住了几天，夫妻俩便带着夜明珠，挑着金银回家了。他们建了大屋，置了田地，幸福地生活了一辈子。

这个故事就叫“但行好事,莫问前程”——佛爷会赐福给所有心怀善念的人,阿弥陀佛,善哉！善哉！

（完）

# 后记：舍得的智慧

小时候，常听村里人说到四个字——“穷过范丹”，我妈都说过：“我们家现在无余钱亦无余粮，穷过范丹哦！”

虽然时常听说，但却也没有认真考究过，那范丹何许人也？到底有多穷？乡下人对范丹如此熟悉，想必关于他的穷，有个戏什么的。话说从前芦村人的文化知识构成中，戏是很重要的资源。我有时甚至觉得，中国的民间故事，很重要的传播源就是过年过节各村社请人来唱的大戏。比如说陈世美，也是因为有个戏，我妈、我奶奶才认得他。

话说这一回，在刘守华老师的书中读到有关“求好运”的故事，觉得有意思，便顺藤摸瓜上网一查，找到《范丹问佛》。一看到“范丹”这名字，顿感亲切有味，仿佛见着儿时玩伴，马上要跑上前去攀亲认故。再一读故事，觉得这是同类故事中最有意思的一个版本，比起刘守华老师收在书里的《做好事不问前程》更有深意，而在讲故事的技艺上，《范丹问佛》的起承转合也特别完整，特别自然。

起首我就很喜欢，开头出场的偷米白老鼠，它告诉范丹“你命中注定八合米，不能让你积满升”，一下子荡出种种人生况味来。这篇故事关于命运与改变命运的基调，就这样定下来了。我觉得白老鼠这个意象真好，白老鼠，不该只是个人人喊打的小偷，亦该有点智慧，这故事里的意象就很合宜。范丹问佛求好运，哑女何时开口说话——问言语的同时亦是问姻缘；土地公问升官，鼋问修身，为官与修身，都要舍得放弃钱财，放下贪念方能成事。这里面所有的人生大事，都具有深深的佛家智慧。《范丹问佛》与格林童话《三根魔鬼的头发》相比较，独具“舍”与“得”的东方智慧。

本故事参考过刘守华《一个蕴含史诗魅力的中国民间故事——“求好运”故事解析》、四川民间故事《范丹问佛》、湖北民间故事《做好事不问前程》，以及其他相关故事。

# 田螺姑娘

古时候有个孤儿，名叫谢端。他很小的时候父母就去世了，邻居桃大娘把他养大，养到十六岁，桃大娘的亲生儿子娶媳妇，谢端就不方便再住在桃大娘家了，他一个人搬回到父母留给他的旧屋子。

谢端独自一个人耕种自己的一亩三分地，每天日出而作，日落而息。

谢端心地善良，他是远近闻名的好人，但凡同村的邻人有事需要帮忙，都会去找他，就连过路旅人有困难，也喜欢找谢端帮忙。

虽然大家都喜欢谢端，但他还是娶不上媳妇——他实在太穷了，吃了上一顿就得担心下一顿，哪个姑娘愿意跟他过苦日子呢？

有一回，谢端在稻田边的水塘捡到一只

大田螺，那田螺看上去与众不同，螺壳色泽清亮，曲线流畅，格外漂亮。谢端从来没见过这么好看的田螺，他越看越喜欢，于是把田螺带回家，养在蓄水的水瓮中。

自从养了田螺，谢端不再觉得寂寞。每天清晨他挑水回家，把清水倒入水瓮，总要静静看那田螺一会，看够了，就对它说：“田螺，田螺，我出田干活了。”

每天黄昏他扛锄头回来，也总要先到水瓮边看看，告诉那田螺说：“田螺，田螺，我回家来了。”

就这样一天又一天，过了三个月。

一日傍晚，谢端从田间回家，他推开门，闻到了饭菜的香味。再一看饭桌，好奇怪呀，蒸好的鱼、炒好的菜、煲好的汤、热腾腾的米饭，整整齐齐摆放着，正等待他归来。

是谁煮的饭呢？谢端查看炉灶，炉灶刚刚熄火。他拿筷子夹起青菜尝了尝，菜的味道很熟悉——正是他从小到大吃的饭菜的味道啊！一定是桃大娘过来煮的。谢端高高兴兴把饭吃了。

一天是这样，两天也还是这样，一连七八天，每日傍晚回到家，总有热腾腾的饭菜等待着他。谢端心内十分感激，他吃过饭，跑到桃大娘家，想向桃大娘道谢。没想到，他还没开口呢，桃大娘就责怪他：“阿端啊，我辛苦养育你长大成人，为什么你偷偷娶了媳妇也不告诉我？我瞧你媳妇水灵漂亮，烧饭做活十分勤快，快带过来给大娘瞧瞧！”

谢端深感奇怪，可是他没有说什么，只是傻笑了一会，回家了。

第二天，他照常清晨起身，到河涌挑水回家，照常看望田螺，照常跟它说：“田螺，田螺，我出田干活了。”他勤快地做完水田里的活儿，提前一个时辰回家，但他没有推开门，只是蹑手蹑脚趴在窗缝上，朝屋内看去。不一会儿，他看见一个姑娘从水瓮出来，

“田螺，田螺，我出田干活了。”

她身穿青色的布裙，头上插着一支荆钗，看上去十分朴素干净。她打扫了房屋，擦净了灶台，走到水瓮边捞出一条鱼，去屋后菜园子摘了一把青菜，然后她从衣裳口袋倒出米，淘洗干净，去到炉灶前，生火煮饭。

趁田螺姑娘忙着煮饭，谢端静悄悄走进屋子，他偷偷拿走水瓮里的田螺壳，藏到了床底下。

那田螺姑娘煮好饭，来到水瓮旁边，她探头朝水瓮望去，发现田螺壳不见了。

正吃惊呢，谢端从门背后跳出来，一把抱住她："哈哈，这下子，我可捉住你了！"

"放开我，放开我，我得回到田螺壳里！"

"别回去了，就留在这里，做我的媳妇儿。"

"不要，不要！"

但是，田螺姑娘找不到她的田螺壳，没办法回到水里，只好留在谢端家，做了谢端的媳妇儿。

田沟里有一个蚂蟥精，他一直喜欢田螺姑娘，看到田螺姑娘嫁给种田人谢端，他嫉妒得全身上下都红了。有一天，趁谢端和田螺姑娘外出干活，蚂蟥精变成一位算命先生，偷偷跑进谢端家里，爬进床底下，把田螺壳偷走了。

蚂蟥精回到田沟，到了傍晚，它看到村子里炊烟袅袅，就对着螺壳念咒语："垛，垛，垛——田螺，田螺，回螺壳。"

那会儿，田螺姑娘正破柴煮饭呢，一听到这句咒语，"滴滴答答"落下泪来，她身不由己朝田沟走去，蚂蟥精见她走过来，连忙举起田螺壳对她念："回螺壳，回螺壳。"

田螺姑娘身子一软，一下子被收回到螺壳中，出不来了。

谢端顺着田螺姑娘泪水的痕迹，一路找，一路找，找到田沟里，见田螺在水里，很高兴，就走下水去，把她抱起来。

蚂蟥精一见谢端下水，即刻缠住他的脚

踝，狠狠地吸他的血。

谢端回到厨房，朝脚踝撒了很多盐，蚂蟥最怕盐，它的身体沾上盐，很快缩成一团，死去了。

田螺姑娘又回到谢端身边，他们的生活过得如意幸福。

不过，有时候，两人也会吵架，田螺姑娘一生气，就会跺跺脚，说：“我再也不理你了！”说完，她就钻回她的田螺壳，躲在水瓮里，好几天不出来。

谢端只好到水瓮边，温声细语对她说很多好听的话，给她唱好多柔软的歌，田螺姑娘喜欢听他说话，爱听他唱歌，不多久，气就消下去，又回到他身边。这样子过了两年，田螺姑娘生了一个儿子，儿子胖乎乎很可爱，长到了七八岁，天天跑到外头玩，村里的小孩取笑他：“垛，垛，垛，你妈妈有田螺壳。叮，叮，叮，你妈妈是田螺精。”

孩子听了这些话，从水瓮里找到田螺壳，

偷偷把螺壳藏到屋后桂花树下的石洞里，然后跑到外头对小伙伴说："你们瞎说，我妈妈没有田螺壳，我妈妈不是田螺精！"

田螺姑娘找不到她的螺壳，就再也无法变回田螺了。后来，她跟一般人间女子一样，生了好多孩子，有了好多孙子。再后来，田螺姑娘就变成了一个老态龙钟的老太太。

过了很多年，又过了很多年，有一年饥荒，好多人饿死了，好多人去逃荒。田螺姑娘曾孙子的曾孙子在后园老桂花树下找到一个田螺壳，那田螺壳足足有三升壶那么大，他用大螺壳来贮米，螺壳里的米总是满的，怎么吃也吃不完。一家人就靠那个田螺壳度过了饥荒。人们说，那就是当年田螺姑娘的螺壳。

（完）

## 后记：

这个故事，在我很小的时候，就听我妈妈讲过，我觉得田螺姑娘这个意象，象征着水田对中国人的馈赠，田螺姑娘从水田来，她赐予人的是平常日子里的丰衣足食，一种乡村气息的幸福生活。

本故事源于小时候我母亲讲的故事，参考过《搜神后记》之《白水素女》，以及百度百科之“白水素女”词条。

# 燕子报恩

从前有一个老婆婆，她的儿子和媳妇不在了，只给她留下一间砖瓦房和一个亲孙子，亲孙子名叫吴良。

老婆婆含辛茹苦养育孙子，好饭好菜自己舍不得吃，给小吴良吃；好布料自己舍不得穿，给小吴良做衣裳；田地里的力气活、家里的家务活舍不得让小吴良做，全都自己做。就这样，老婆婆从年头忙到年尾，一年又一年，吴良长大了。老婆婆呢，她背驼了，头发白了，脸上皱巴巴像块老树皮，身上的衣裳越穿越烂，看上去像个丑陋的老乞丐婆。

吴良长得身材高大，身强力壮，衣裳穿得很光鲜，但是，他性格暴躁蛮横，十分自私。

有一年春天，一对大燕子到屋檐下筑巢，孵出来五个小燕子。清晨，两个大燕子飞出去捉虫，小燕子在巢里叽叽喳喳争食，睡懒觉的吴良被吵醒了。

“真可恶，一大早鬼叫鬼叫，吵了我的好梦！”他暴怒着跳起床，抓起一根竹竿，跑到屋檐下，朝燕子窝一通猛打。

那燕子巢只不过是两只大燕子用泥巴和干草造的，怎么经得起这一通打？不一会，巢破了，五个小雏燕重重摔在地上。两个大燕子衔虫归来，见到这情形，扑下来保护幼雏，吴良正怒火攻心，他挥舞竹竿，一竿打一只，两下子，把两只大燕子打死了。

老婆婆驼着背，挑着水，气喘吁吁回到屋门前，看到一地燕子，大吃一惊，连忙放下水桶，把燕子一只只捡起来，用围裙兜起，骂吴良说：“造孽啊！愿菩萨饶恕你！你牛高马大的一个人，为什么跟一窝小燕子过不去？”

吴良举起竹竿，一竿子打在老婆婆的驼背上：“死老太婆，我要你管？你给我滚！俗话说得好，‘树大分杈，人大分家’，我现在大了，正好跟你分家。这砖瓦房归我——它原本就是我爹娘留给我的财产，这些年让你住，已经便宜你了！”

“我辛苦养大你啊，现在我老了，不期望你养我，你怎么能赶我走？”老婆婆哭起来，“你让我住哪里呢？”

“死老婆子，整天哭哭啼啼，唠唠叨叨，真讨厌啊！对面有间草棚，你到那儿去住吧！”

吴良力气大，他把老婆婆往外一推，老婆婆摔倒在门槛上，磕掉了最后一个门牙。

唉，有什么办法呢？跟他讲情义吧，他根本无情无义；跟他讲道理吧，根本讲不通。老婆婆眼泪汪汪，兜着一窝燕子，搬到草棚去了。

那七只燕子，六只已经死去了，只有最小的那只还活着。它浑身上下伤痕累累，小脚摔断了，翅膀也受了伤。老婆婆用草药汤给它清洗了伤口，撕下裙布给它包扎，又用柔软的干草做了一个小巢，把它放进巢里。

“可怜啊！”

老婆婆把六只死燕子埋在草棚后面，然后到野草丛捉虫子喂给小燕子吃。

她喂养它，就像当初养育小吴良一样。

“小燕子啊小燕子，现在你孤苦伶仃，我也孤苦伶仃，就让我来做你的婆婆，你做我的孙子吧！”

春天渐渐变成夏天，百草的花儿谢了，结了籽，小燕子痊愈了。它长得很缓慢，不过毕竟也长大了，它的羽毛也像别的燕子一样，长得乌黑丰满，油光漂亮。

有一天，它从草棚飞起来，飞到外面的燕子群中。

开始的时候，它每天回到草棚，但过了一些日子，它跟外面的燕子混熟了，就很少回来了。

到了秋天，那只燕子飞走了。

“唉，我养大吴良，吴良把我赶出家门。我养大一只燕子，燕子也飞走了。我的命真苦啊！”老婆婆总是靠在门边，这样说。

秋天过了，到了冬天。

老婆婆居住的草棚极其破旧。虽然有四根木头支撑，但已经腐了一半。棚顶覆盖的茅草，也被风吹跑了一半。四面墙全是破洞，根本挡不住寒风。下冷雨的日子尤其悲惨，寒冰一般的雨水“滴滴答答”漏下来，老婆婆的枕头、被子、衣裳、炉灶没有一处是干的。

老婆婆撑着破雨伞坐在草棚中央，眼泪像雨一样滴落。

“苦啊，苦啊，我的命真苦啊！”

老婆婆悲叹着，她又冷又饿，挨过了漫

长的冬天。

终于，风暖了，春天来了。

百草再次发芽，长叶，开花，燕子们欢唱着，从南方飞回来。

老婆婆养大的那只燕子也飞回来了，它飞到草棚前，停在老婆婆的小桃树上。

“滴哩，滴哩！”

老婆婆抬头一看，只见那小燕子羽毛漆黑光亮，看起来精神抖擞，仿佛刚从神仙住的地方飞回来。

老婆婆可高兴：“啊，小燕子，你回来了，你是来看我的吗？”

燕子吐出一颗饱满的南瓜籽，放到老婆婆的手掌心上。

南瓜籽，种门口。
住大屋，不用愁！

听到燕子这样唱，老婆婆便把南瓜籽埋

在门口，浇上一桶清净的井水。

不一会儿，门口长出来一棵南瓜秧。

南瓜秧长呀长，长得又粗又壮，开出一朵南瓜花。

好多人围过来看："这朵南瓜花，真大呀！"

话音刚落，南瓜花谢了，结出一个小南瓜。

小南瓜长呀长，不一会儿，长成一个大南瓜。

大南瓜又继续长，越长越大，越长越高，当它长得跟草棚一样高的时候，"砰"一声，裂成两半。

大南瓜一裂开，"呼啦"一声响，大南瓜里面冲出来一伙泥瓦匠，个个身强力壮，捋起衣袖，一手拿泥刀，一手拿泥铲。泥瓦匠来到老婆婆面前，齐刷刷唱道："建房子，我最会，我们是顶呱呱南瓜建筑队！"

南瓜建筑队一边唱歌，一边干活儿，三下五除二，把草棚拆了，"你挖泥来我搬砖，你烧石灰我砌墙”，只一顿饭工夫，建好一座漂亮的大砖瓦房。

砖瓦房宽敞明亮，房屋里面饭桌、饭凳、大床、梳妆台、锅、煲、碗、瓢样样不缺。哇，那新房子呀，谁见了谁喜欢。

房子建好，燕子对泥瓦匠唱道：

泥瓦匠，辛苦啦！
回南瓜里面去吧。

又是“呼啦”一声，那伙泥瓦匠跑回大南瓜里，大南瓜马上合起来，看上去就像从来没有裂开过一样。

全村人都跑过来看热闹，个个说：“要是我有这么一座房子，这辈子可心满意足了。”

吴良也凑过来看，见老婆婆转眼间有了一座大新屋，他倒了杯热茶给老婆婆喝：“好奶奶，亲奶奶，你把这南瓜建筑队借给我用

“建房子，我最会，我们是顶呱呱南瓜建筑队！”

一天吧！我那房子旧了，而且未免太小，也是时候拆掉重建了。”

那会儿，老婆婆养大的燕子招了另一只燕子，正衔泥筑巢。

它看到吴良，眼眶一下子红了，它对着大南瓜，唱了句：

南瓜勇士，手执棍棒，
打吴良！

只听得“呼啦”一声响，大南瓜裂成两半，一伙强壮的南瓜勇士跑了出来。那南瓜勇士呀，个个威风凛凛，高举大棒，看到吴良，一拥而上。

“噼噼啪啪！噼噼啪啪！”大棒像雨点一样，劈头盖脸打在吴良身上。吴良被打得皮开肉绽，浑身肿胀，昏了过去。

“不要打他了。他虽然不好，但毕竟是我的亲孙子啊！”老婆婆哭了起来。

“滴哩！滴哩！”燕子欢唱着，“南瓜勇士，辛苦啦！回南瓜去吧！”

过了三天三夜，吴良才苏醒过来。他觉得浑身疼痛，身体痛，心也痛。他浑身上下的骨头被打碎了，血肉模糊，正重新长一身新的骨头和血肉。他的心也被打碎了，正重新长一颗新的心。他养了三个月的伤，身上的肿胀才消了下去。等到他痊愈，脸上露出和善的神情。

被南瓜勇士狠揍一顿，吴良改过自新，脱胎换骨，成了一个孝子。

从此，老婆婆安度晚年，生活安稳又幸福。

那只燕子一直在老婆婆屋檐下生活，陪伴着老婆婆。直到今天，它的子孙还住在那间大屋的屋檐下。

而那个大南瓜，直到今天，也还在大屋门前，如果吴家村有人邀你去喝茶，说不定你还能亲眼看到它哩。

（完）

## 后记：迷人的泥瓦匠

从众多版本中，我选取了这样的一系列情节，以及这样的一种讲述方式。

有个版本以兄弟为主角，就像《牛郎织女》和《狗耕田》，故事起源于大哥欺负小弟。我选择了婆和孙的版本，因为感觉“报恩”这个主题，跟养育更亲近一些。有些版本，燕子衔回来的是西瓜籽，西瓜籽虽然黑，但我觉得西瓜不如南瓜有民间故事的味道。为什么呢？选择南瓜源于一种奇异的直觉。南瓜源远流长，更接地气，话说我觉得每一个南瓜里面都有一些故事。更多的版本说老婆婆的南瓜裂开后有金灿灿的黄金，而吴良的瓜里头有条毒蛇，一口把他咬死了。

我选择了泥瓦匠和棍棒勇士——这两个意象非常有意思，泥瓦匠比起黄金，棍棒勇士比起毒蛇，更富于智慧。而我之所以整理编写这个故事，完全是因为这一情节——南瓜里面冲出来一伙泥瓦匠，个个手执泥刀泥铲，一冲出来马上建了一座大房子——哈哈，实在太迷人了。

这是中国民间故事的独特智慧。

本故事源于儿时祖母的讲述，参考过网上的相关故事，向祖母和其他民间故事家致敬。

# 狗耕田

从前有哥弟俩，父母去世了，留给他俩一头牛，一条狗。

阿哥是个自私的家伙，从小喜欢欺负阿弟。一天，阿哥把阿弟叫到跟前，对他说："阿弟，俗话说，'树大分杈，人大分家'——我要跟你分家了，我是阿哥，我要牛，你是阿弟，你要狗。"

就这样他们分家了，哥哥带着一头牛，弟弟带着一条狗。

"旺旺旺！"

"旺旺旺！"

阿弟与他的狗相依为命，度过了寒冷的冬天。

冬去春来，到了春耕时节。春阳一照，

春雨一洒，田野变得湿润又松软，家家户户拉牛去耕田。阿弟没有牛，只好去问阿哥借：“阿哥，我没有牛，耕不了地，你可以把牛借我用一天吗？”

阿哥摇头又摆手：“牛是我的，不是你的。不借！不借！”

阿弟好委屈，好伤心，可是有什么办法呢？他哭着回家了。回到家门口，小黄狗摇着尾巴跑上来：“阿弟，你不要哭，没有牛不要紧，我也能耕田。”

“你？你不过是一条小黄狗——”

“别小看我，旺旺，旺旺旺！”

阿弟想不出别的办法，只好拉小黄狗去耕田了。

没想到，黄狗虽然个子小，力气可真不小，它拉着犁耙，走得又快又稳，几个来回，把几块薄田耕得平整又细致。阿弟很高兴，他在田里种上水稻，种上花生，种上甘蔗。

庄稼的长势很好，阿弟和黄狗每天相伴

到田里去，忙了一天又一天，稻米成熟了，要收割了。可是很奇怪，阿哥田里的稻穗结得又少又瘪，看着叫人好生发愁；阿弟田里的稻子却又多又饱满，金光灿灿，光看着就叫人好生欢喜。阿哥种的花生只长苗不结实，拔出来一看，空空的全是根；阿弟的花生结得密密实实好生漂亮。阿哥种的甘蔗又硬又干；弟弟的甘蔗甘甜又多汁，吃起来有花蜜的味道。

阿哥心里憋闷，眼红起来，那天傍晚，他偷偷跑到阿弟窗外，阿弟正在吃饭呢，黄狗蹲在他跟前，也在吃饭。只见阿弟夹了一块肉给小黄狗，说："今年收成特别好，都是你的功劳呀，你多吃点儿。"

小黄狗得意洋洋："我耕的田呀，肯定丰收啦！"

阿哥心想，原来这条狗是神犬呀——好，下次，我也要用这条狗耕田。

很快又到了耕田时节，阿哥装出一副笑脸，来向阿弟借狗："亲阿弟，好阿弟，牛生病了，耕不了地，你把狗借我吧！"

阿弟是个老实人，没多想就答应了："借给你可以，不过，你千万别打它。"

"不打，不打！我疼它还来不及，怎么舍得打它呀！"

阿哥牵着黄狗，架上犁耙，去耕田了。

才耕一会儿，那阿哥性子急，嫌狗走得慢，一手举起鞭子，"啪"一声，狠狠抽了黄狗一鞭子："亏你还是狗呢，怎么走得比牛还慢！快走！别偷懒！"

没想到，他越催，黄狗走得越慢。打狠了，那只小黄狗干脆停下脚步，定定站在水田里，不走了。

"快走！快走！再不走，我打死你！"

黄狗还是一动不动站在田里，再怎么骂，怎么吓唬，也不肯往前挪一挪。

阿哥怒火冲天，他举起锄头，"砰"一下子，把狗打死了。

阿弟跑过来，他抱起死去的黄狗，哭得好凄凉。但是，能有什么办法呢？他把黄狗抱回自家田头，在田头挖了个坑，把狗埋了，做了一个坟。

没过多久，黄狗的坟头长出来一棵树，树越长越大，很快长得比弟弟还高。弟弟在田里干活，累了就到树下歇息乘凉。

有一回，他想起可怜的黄狗，就抱住树干，摇了两下，树上“哐哐啷、哐哐啷”一阵响，紧接着，“叮叮当当、叮叮当当”掉下来数不清的金币！

这下可发财啦！阿弟捡起金币，到市集去买柴买米买衣裳，又拆了旧茅屋，盖上砖瓦房，他的生活呀，一下子变得富裕又光鲜。

阿哥一看，眼红了。

一天深夜，天黑漆漆的，没有月亮也没有星星，阿哥偷偷跑到弟弟的田头，也学着

“叮叮当当、叮叮当当”掉下来数不清的金币！

弟弟的样子，抱住那棵摇钱树，使劲摇起来。

“沙啦沙啦”“吧嗒吧嗒”，哈哈，树响了！阿哥心花怒放，他打开大布袋，仰起脸，正打算装钱。谁想到，这一回，树上落下来的不是什么金币，而是狗屎！

没错，这一回，“吧嗒吧嗒”，树上落下来的，每一坨，都是狗屎！

一团又一团，湿漉漉、黏糊糊、臭烘烘的狗屎，落在阿哥的头上，眼上，鼻子上，糊得他呼吸困难，喘不过气来。

阿哥气得眼睛喷火，头顶冒烟，他沾着满身狗屎跑回家，二话没说，拿起一把柴刀就往阿弟的田头跑，三下五除二，对着那棵树一通猛砍。

“咔嚓！咔嚓！咔嚓！……”

一直砍到整棵树倒在地上，阿哥才气呼呼、骂咧咧地回了家。

第二天一早，阿弟出田干活，看到摇钱

树被砍倒在地，不由得放声痛哭。哭累了，眼泪流干了，他把树拖回家，用这段木材做成一只小渔船。

渔船做好了，阿弟摇着橹，驾着船，到湖里捕鱼。没想到，神奇的事又发生了，小木船一跟湖水相接，就发出了“叮叮咚咚”的木琴声，琴声十分柔和，十分动听，仿佛神仙在弹奏。水里的鱼听到音乐声，纷纷从湖水深处游上来，浮在水面上跳舞，不一会儿，鱼一条接一条高高跳起，跳到小渔船的船舱里。

阿弟得到满舱鱼，他把鱼挑到集市去卖，每天都能赚到很多钱。

阿哥看到阿弟挣了大钱，嫉妒得眼睛都绿了，他赶忙跑去湖边，解开那条小渔船的缆绳，摇起橹，驾着小渔船，去到湖中央。

可是这一回，一去到湖中央，小渔船就翻了。

阿哥掉进水里，淹死了。

小渔船在水里翻了一个身，又翻一个身，它扬起头，变成了一条小黄狗，跟阿弟原先那条小黄狗一模一样。

小黄狗用四条腿“哗啦哗啦”划水，很快游到岸边，它爬上岸，摇摇头，摆摆尾，甩干身上的水滴，然后撒开腿子，跑呀跑，跑呀跑，一路跑回到阿弟的家里。

（完）

## 后记：柔弱胜刚强

我一直记得小时候听我妈讲《狗耕田》故事的情景。那时候，晚上要睡了，为了让我安静下来，我妈开始讲故事，有一阵，她反反复复就讲这个《狗耕田》，每回听到那个哥哥摇树，树上“吧嗒吧嗒”掉下狗屎，我就会哈哈大笑。就像现在我给孩子讲这个故事，讲到这一段他兴奋得咯咯笑一样。

讲到结尾处，我发挥了一下，让小渔船又变成小黄狗，跟前面的故事情节构成一个回环，我觉得是很精彩的一节。

西方故事有很大一部分写主人公历尽艰险，最终获得成功，比如娶到公主，获得财富，成为国王，或者建功立业。相较而言，这个主题在中国民间故事中不算多，我目前所见到的，只有《盘瓠》《云中落绣鞋》两个。

中国故事中流传最深广的，很多都是被欺凌的弱者的故事。女人还好，男生简直弱不禁风。许仙弱，梁山伯弱，范杞梁良弱，牛郎也弱——在他们对面，站着强大的法海，强大的马文才，强大的秦始皇，强大的王母娘娘。

《狗耕田》中，阿哥强横，阿弟逆来顺受。然而“无牛拉得狗耕田”[①]，种出最棒的庄稼；狗死了，田头长出摇钱树；树被砍死，做成小渔船，鱼自动跳上船舱。而阿哥，在每次强横之后都收获恶果。我觉得不仅仅是因为民众受压迫久了需要心理平衡，才创造出这样的故事，它们自有内在的道理。老子说，“上善若水，水利万物而不争，处众人之所恶”——然而它最为接近“道”。这是以另一种方式接近幸福。牙齿坚且硬，舌头软绵绵”，然而你看，众人都只落牙齿，哪会有人掉舌头？这个故事，表达的正是柔弱胜刚强的道理。

牛馈赠于人的是安稳人生，牛郎拥有他的牛，就有了男耕女织的圆满结局。而狗给人带来财富，狗对主人从一而终，永远忠诚。狗对人的爱有永不变质的质地，

① 注：“无牛拉得狗耕田”，广东俗语，比喻没有合适的人选，找差一点的人代替。

即使死了，化为树，树被砍，化为船，船翻了，仍然要变成狗，回到主人身边。

本故事主要来源于母亲的讲述，也参考过各地有关“兄弟分家”的故事。

# 猪哥精

有个阿婆，在竹树林捡竹壳，越走越深。

捡着捡着，撞见一只猪哥精，黑耸耸一大个，蹲在竹树后面，拉屎呢。

阿婆吓一跳，正想走。

猪哥精不放过她："老太婆，有没有草纸啊？给我一张擦屁股。"

阿婆手直抖："哪有草纸，只有竹壳。给你一个，你将就用吧！"

猪哥精拿竹壳往屁股一擦，"哎哟"一声跳起身："竹壳有刺，我屁股擦破啦！"

阿婆急忙赔礼："对不起啊，对不起，我真不知道。"

"哪不知道！你分明是故意的！可恶老太婆，老太婆可恶。今晚三更，我非去咬你不可！”

阿婆抱了一箩竹壳，哆哆嗦嗦走回家，坐在门边哭。哭呀哭，走过来一个卖屎的：“阿婆，你为什么哭啊？”

“猪哥精给竹壳刺破了屁股，今晚三更，它要来咬我，我好怕。”

卖屎的安慰她：“阿婆不用怕，我给你一坨屎，涂在门上，帮你挡一挡。”

卖屎的说完，在阿婆家的木门上涂了一坨屎，走了。

阿婆继续哭，哭呀哭，走过来一个卖蟹的：“阿婆，你为什么哭啊？”

“猪哥精给竹壳刺破了屁股，今晚三更，它要来咬我。卖屎的帮我在木门上涂了一坨屎，帮我挡一挡。一坨屎挡不住呀，我好怕。”

卖蟹的安慰她：“阿婆不用怕，我给你六只蟹，放入水缸，帮你挡一挡。”

卖蟹的说完，在阿婆家的水缸里放了六

只蟹，走了。

阿婆继续哭，哭呀哭，走过来一个卖油的：“阿婆，你为什么哭啊？”

“猪哥精给竹壳刺破了屁股，今晚三更，它要来咬我。卖屎的帮我在木门上涂了一坨屎，卖蟹的帮我在水缸里放了六只蟹。一坨屎、六只蟹挡不住呀，我好怕。”

卖油的安慰她：“阿婆不用怕，我给你一堆油，倒在屋里，帮你挡一挡。”

卖油的在阿婆屋里倒了一堆油，走了。

阿婆继续哭，哭呀哭。走过来一个卖马的：“阿婆，你为什么哭呀？”

“猪哥精给竹壳刺破了屁股，今晚三更，它要来咬我。卖屎的帮我在木门上涂了一坨屎，卖蟹的帮我在水缸里放了六只蟹，卖油的帮我在屋里倒了一堆油。一坨屎、六只蟹、一堆油挡不住呀，我好怕。”

卖马的安慰她：“阿婆不用怕，我给你

一匹马，缚在床头，帮你挡一挡。”

卖马的在阿婆家的床头缚了一匹马，走了。

阿婆继续哭，哭呀哭，结伴走过来三个货郎。一个卖针线，一个卖锣鼓，一个卖花炮。他们问：“阿婆，你为什么哭呀？”

“猪哥精给竹壳刺破了屁股，今晚三更，它要来咬我。卖屎的帮我在木门上涂了一坨屎，卖蟹的帮我在水缸里放了六只蟹，卖油的帮我在屋里倒了一堆油，卖马的帮我在床头缚了一匹马。一坨屎、六只蟹、一堆油、一匹马挡不住呀，我好怕。”

卖针线的说：“我给你一板针，插在躺椅上，帮你挡一挡。”

卖锣鼓的说：“我给你一面铜锣，吊在床尾，帮你挡一挡。”

卖花炮的说：“我给你一个大花炮，埋在炉灶里，帮你挡一挡。”

卖针线的在阿婆家的躺椅上插了一板针，卖锣鼓的在阿婆家的床尾吊了一面铜锣，卖花炮的在阿婆家的炉灶里埋了一个大花炮。三个货郎说说笑笑，结伴走了。

阿婆继续哭，哭呀哭，哭到天黑，来了个卖炒香花生的：“阿婆，你为什么哭呀？”

“猪哥精给竹壳刺破了屁股，今晚三更，它要来咬我。卖屎的帮我在木门上涂了一坨屎，卖蟹的帮我在水缸里放了六只蟹，卖油的帮我在屋里倒了一堆油，卖马的帮我在床头缚了一匹马，卖针线的帮我在躺椅上插了一板针，卖铜锣的帮我在眠床尾吊了一面铜锣，卖花炮的帮我在炉灶里埋了一个大花炮。一坨屎、六只蟹、一堆油、一匹马、一板针、一面铜锣、一个大花炮，挡不住呀，我好怕。”

卖炒香花生的说：“阿婆不用怕，我给你卖剩下的炒香花生，待会儿蒙张大白纸，放在水井上。猪哥精嘴巴馋，指定要坐上去吃炒香花生，到时‘扑通’一声掉下井，以后再咬不着你。”

卖炒香花生的去到水井旁，往井口蒙上一张大白纸，把卖剩下的炒香花生全倒在白纸中央，走了。

阿婆哭累了，爬上床，睡熟啦。

转眼到三更，猪哥精来了。它哪有门匙？就使劲往木门上一撞，“隆咚”一声，木门被撞开了。门上有一坨屎呢，只糊得猪哥精通头通面通鼻子，全是屎。

“哎哟，臭死啦！”

猪哥精急忙把头埋入水缸，洗个干净。水缸里有六只蟹呢，十二只蟹钳齐刷刷夹住猪哥精的猪鼻子、猪耳朵和猪头皮。

“哎哟，疼死啦！”

猪哥精急忙退后两步，离开水缸。不料，一脚踩中一堆油。它脚下一滑，顺势扑向眠床头：“看我咬你！咬你！”

床头缚着一匹马，见猪哥精扑来，伸出

马蹄，一脚踢去，把猪哥精踢得飞起来，“砰”一声，落在躺椅上。躺椅上有一板针，当场把猪哥精扎成半个刺猬。

“哎哟！哎哟！哎哟哟！”猪哥精疼得半死，但它不死心，还是想咬阿婆。床头有马，去不得，便从床尾来。

床尾吊着一面铜锣呢，猪哥精撞上去，“当”一声响，猪哥精吓得缩成一团，“咕噜咕噜”滚到炉灶边。

炉灶里埋着个大花炮，“轰”一声跳出来，炸瞎了猪哥精的眼睛。

猪哥精摸黑来到天井，闻着炒香花生喷喷香，口水“滴滴答答”流下来。它走上水井，一屁股坐在大白纸上，想舒舒服服吃点儿炒香花生。

没想到，“刺啦”一声，白纸破了。猪哥精跌落水井，淹死了。

阿婆一觉睡到天大亮。她叫来个杀猪佬，捞起猪哥精，屠宰剁开，煮了一大锅香喷喷

十二只蟹钳齐刷刷夹住猪哥精的猪鼻子、猪耳朵和猪头皮。

的猪哥精肉。

她叫来卖屎的，卖蟹的，卖油的，卖马的，卖针线的，卖锣鼓的，卖花炮的，卖炒香花生的，一大伙人，各各吃得一肚子饱。

（完）

## 后记：

《猪哥精》这个故事，我小时候听过一点点，可能是巷子里某个老人讲的吧，情节很有限，只出现三个货郎，结尾处猪哥精被吓跑了，再不敢来。

我一直惦记这个故事，但一直没能看到完整文本。北方有同类故事，叫《三姐儿纺棉花》《老婆婆与野狐精跳河》，还有其他。但我总还是念念不忘猪哥精。虽已写好《小鸡崽报仇》，我仍然时时渴望猪哥精。

今年我买到钟敬文的故事选集，受书中文本鼓舞，综合从网上找到的好几个文本，我写成了这篇故事。一边写，一边感受它交响乐般的韵律，只觉得愉悦完美。这个故事，仅仅读它是不够的，它更适宜于绘声绘色地讲述。

本故事参考文本：

钟敬文《中国民谭型式》之“老虎精”型；

若水《猪哥精同老妈妈的故事》；

林继富《弱小联合胜刚强》；

广州民间故事《猪哥精》；

海丰民间故事《猪哥精》；

潮州民间故事《猪哥精跌落厕池》；

阿傲漫画《猪哥精》。

# 葫芦酒瓶碌一碌

有个先头仔，大家叫他“阿先”；那个后娘仔呢，大家叫他“阿后”。后娘在的时候，也没少给阿先苦头吃。但是后来，后娘死了，他们的爹爹也死了。

阿先已然长大成人，阿后还只是个半大的小伙子。阿先心里想，总得想个办法把阿后除掉才好，少了阿后，爹爹遗留下来的家产，就可以自己一人独吞了。

一天，阿先对阿后说：“河对面山肚子里山稔子全熟了，药房的郎中要收它做药材。我们吃过午饭，就摇船过去采摘吧，说不准能挣点钱。”

阿后听了很高兴，因为采摘山稔子这件事，他是很擅长的。

于是，两兄弟各背一个布袋，来到山脚下的小河边，阿先摇船，两人过了河，去到村庄对面的山谷里。山谷长满了肥壮的山稔子，一向少人采摘——为什么呢？传说这边有老虎，阿先知道，阿后不知道。

阿后傻乎乎地摘山稔，摘了满满一布袋，眼看日落西山，天黑下来。

“阿哥，你在哪里？我们返家啰！”

山谷空荡荡，没有人答应。

阿先去了哪里呢？原来，阿先早就摇船返家了。他把阿后弃在山肚子里，打算留给野兽吃哩！

阿后在山里东奔西跑没有找到阿先，去到河边，发现船已经被摇走了。他“呜呜呜”哭起来，天又黑又冷，北风呼呼刮，他衣裳又穿得单薄，怎么抵受得住？没办法，只得躲进一座破败的古庙，钻入佛枱底下，铺了几个破烂蒲团，躺下睡觉了。

夜深了，半梦半醒之间，“踢踏、踢踏”……

庙门外传来一阵脚步声，紧接着，七个仙人走了进来，他们围坐在大殿上，说说笑笑好一会儿。“饿了，弄点吃的。”一个仙人从背上取下来一个葫芦，往地上滚了一圈，嘴里喃喃说：“葫芦酒瓶碌一碌，好酒好菜摆入屋。”

话音刚落，就有一桌好酒菜出现在大殿中央。七个仙人兴高采烈，又是喝酒吃菜，又是斗诗猜谜。

阿后躲在佛台底下，闻着酒菜的香味，只感觉饥肠辘辘，他情不自禁爬起身，跳出来，大声说：“喂，我也要吃！”

七个仙人吓得跳起来，平地生起一阵青烟，“轰”一声响，全都不见了，只剩下一桌酒菜摆放在大殿中央，一个葫芦落在地上。

阿先捡起葫芦挂在脖子上，坐到饭桌前，把七个仙人吃剩下的酒菜吃了个精光，然后拍拍肚子，爬入佛台底下，一觉睡到天大亮。

第二天，他带上葫芦酒瓶，背起满满一

布袋山稔子，走到河边，搭乘村中邻居的小船，过了岸，回到家。

阿先见他平安归来，心里很不高兴，但他装出一副笑脸说："昨晚你到哪里去了？害我担心了一整夜。"

阿后兴奋地告诉他："阿哥，以后再也不必担心，我们有好日子过了。"

说着，他从脖子上取下葫芦，往地上滚了一圈，嘴里喃喃念道："葫芦酒瓶碌一碌，好酒好菜摆满屋。"

话音刚落，只见满满一桌子好酒好菜出现在屋子中央。两兄弟在饭桌前坐下，饮了美酒，吃了佳肴，阿先问阿后："你是怎么样得到这个宝贝的？"阿后就把如何跑入古庙，如何钻入佛枱底下，如何来了七个仙人，自己又如何吓跑他们得到葫芦酒瓶的经过，绘声绘色讲述了一遍。阿先听得两眼放光，他对阿后说："待会儿我们再去摘山稔子，然后你自个儿摇船返家。我今晚要到那间古庙睡觉，也得些宝贝回来。”

兄弟俩又背了布袋，摇船到河对岸摘山稔子。天黑下来，阿后摇船返家，阿先跑到那个古庙里，钻入佛枱底下，就在他迷迷糊糊刚刚入睡的时候，七个仙人每人提着一盏灯笼，走了进来。

他们仔仔细细往每个角落察看了一翻，一个说：“我猜得没错，果然有人。”

另一个说：“看，在佛枱底下呢。”

他们一个拉手，一个拉脚，把阿先拖了出来。

“说！葫芦瓶是不是你拿了？”

阿先吓得直颤抖，结结巴巴地说：“不，不是……不，不是……”

七个仙人凑到他面前，一个接一个闻他的嘴巴，闻完后，齐声说：“没有错，是他吃了我们的酒菜！”

阿先唬得胆子都快破了，上牙敲打着下牙，嘴里挤出几个字：“不，不是……没，没有……”

仙人说：“这个人特别会说谎，非给他一点教训不可！”

一个仙人走上来，捏住阿先的鼻子，拉一下，笑一声，消失不见了。接着，第二个仙人走上来，也像上一个一样，捏住阿先的鼻子，拉一下，笑一声，消失不见了。第三个仙人走上来……每个仙人都拉了拉阿先的鼻子，所有的仙人全都消失不见了。

第一个仙人拉一拉，阿先的鼻子长长了两倍；第二个仙人拉一拉，阿先的鼻子又长长了两倍……等到第七个仙人拉完，小朋友，你算一算，阿先的鼻子长长了几倍？

鼻子 $\times2\times2\times2\times2\times2\times2\times2$

聪明的小朋友，阿先的鼻子有多长，你计算一下，再告诉我吧。

再说阿后，第二天天一亮，他就起了床，

“葫芦酒瓶碌一碌，阿哥鼻子缩一缩；葫芦酒瓶碌两碌，阿哥鼻子缩两缩……葫芦酒瓶碌十碌，阿哥鼻子缩十缩。”

摇了船，到破庙找阿先，只见阿先哭丧着脸，拖着长长的鼻子，坐在门槛上。

“阿哥，你怎么变成了这个样子？”

“唉，如今变得这个样子，我还不如死了好……”阿先一边说，一边站起身，拿头去撞墙壁。

“阿哥你不要伤心，不要害怕，我有宝贝葫芦呢，一定能把阿哥变成美男子。”阿后取出葫芦，往地上滚了一圈，再滚一圈……一边滚，一边嘴里喃喃地说：“葫芦酒瓶碌一碌，阿哥鼻子缩一缩；葫芦酒瓶碌两碌，阿哥鼻子缩两缩……葫芦酒瓶碌十碌，阿哥鼻子缩十缩。”

葫芦碌了十碌，话儿说了十遍，阿先的鼻子越缩越短，终于全部缩到里面去了。

从那以后，阿先就没有鼻子了，他嘴巴的上头，脸面的正中央，只剩下两个凹窟窿。

（完）

## 后记：

这个故事是《长鼻子阿哥》的岭南版本，虽然已经有了《长鼻子阿哥》，但这个故事“葫芦酒瓶碌一碌，阿哥鼻子缩一缩”的广府风味让我着迷。我重述它，并在故事里插播了一道数学题，孩子们都来做一做吧！

本故事参考文本：林兰童话《两兄弟》《葫芦酒瓶碌一碌》，以及其他相关故事。

## 人心不足蛇吞象

很久很久以前，有个孩子叫“象”。象与年老的母亲相依为命。有一天，象上山打柴，路过一个小山凹，见青草丛伏着一条小花蛇，花蛇浑身是伤，小小的蛇嘴发出微弱的呻吟，眼看着就要死了。象觉得它很可怜，就从衣裳上扯下一块布，把花蛇包起来，带回家去。

老母亲也同情这条蛇，她熬了草药给它敷，又让它吃人的食物。过了一段时间，花蛇的伤好了，它身上的花纹越长越漂亮。小花蛇仿佛能通人性，它对象和象的老母亲十分顺从。

一年又一年，蛇跟象一起玩耍，一道吃饭，在一张木床上睡觉。就这样过了几年，象长大成人，小花蛇长成了大花蛇。

象渐渐不怎么跟蛇玩了，他开始为赌博、娶妻和到官府谋一份差事发愁。

不知什么时候，蛇离开了象的家，回到山上。

象的母亲年纪越来越大，她腿脚不灵便，背越来越驼。她得了心痛病，痛得捂着心口，整夜整夜睡不着觉。

“象啊，听说白花蛇舌草能治心口痛，你到山上去，摘些药草熬汤给我喝。”

象于是到山上，去寻找白花蛇舌草。他走到山凹，一条巨大的花蛇从草丛探出头来，对他说：“象啊，你不必再寻白花蛇舌草，我的蛇肝能治痛症。你到我肚子里去，用你手里的镰刀割一片蛇肝，拿回去让老母亲吃，她的心痛病马上就能好。”

说完，蛇张开巨大的嘴，仿佛打开了一扇门。象朝蛇嘴望进去，见里头黑洞洞的，不由得退后了两步。

“没事的，进来吧！”

象颤抖着，从蛇嘴爬进蛇肚子，里面漆黑一片，唯有蛇肝闪着微弱的金光。象小心翼翼割下一小片蛇肝。蛇的身子剧烈痉挛，仿佛地震似的，过了好一会，蛇才平静下来，张开大嘴，让象爬出来，回到阳光之下。

象把蛇肝带回家，老母亲吃了蛇肝，心痛病马上好了。

过了几个月，象听人说，宰相的长子得了头痛病，京城的大夫全都束手无策，宰相已贴出告示通告天下，不论是谁，只要能治好这个病，宰相将给予千两黄金的酬谢，并留他在相府当官。

象赶忙跑上山凹，大声唤花蛇：“蛇，我从小玩到大的蛇兄弟，你出来！快出来！”

蛇从草树丛中爬出来：“象，你找我什么事？”

“宰相的儿子得了头痛病，我知道你的

蛇肝能治好它。我要到你腹中去，再割一片蛇肝。”

蛇身抖了一下，蛇眼闪过一道寒冷的白光。

“就让我割一片蛇肝，只割小小一片——只要治好宰相的儿子，以后我想要多少钱就有多少钱，想当什么官就当什么官。你快张开嘴，让我进去吧！”

“既然这样，那好吧！”

巨蛇慢慢张开大嘴。

象迅速钻了进去，蛇肝上次切割的伤口正在流血，但它仍然散发出微弱的金光。象手起刀落，用力割下一大片蛇肝。巨蛇在地上翻滚，使蛇肚里的象不能站立，然而他紧紧护住割下来的蛇肝，抱着头蹲在蛇腹里，直到蛇慢慢平静下来，再次张开大嘴。

象飞一般从蛇嘴钻出来，飞一般跑下山去，他雇了一辆马车，飞一般朝京城驶去。

到了京城，找到宰相，象献上蛇肝：“这

是巨蛇之肝，专治疼痛病，我历尽千辛万苦才得到它，请立即让大公子服用。”

“只要治好大公子的病，你想要什么，我给你什么。”宰相说。

宰相的儿子服用了象献上来的蛇肝，头痛病奇迹般好了。宰相十分高兴，他给了象数不清的钱，让象当上京城的大官。

蛇肝神奇的功效一传十，十传百，很快传遍了整个京城，传到了皇帝的耳朵里。

有一天，皇帝召见象，对他说：“听说你有非凡的本事，能找到医治疼痛症的蛇肝，这是真的吗？”

“真，当然真。寻找蛇肝先要找到巨蛇，得越过刀山、跨过火海，要冒失去生命的危险勇往直前。找到了巨蛇，还要跟它搏斗，驯服它而不是杀死它——这样才能取得活蛇的蛇肝。”

皇帝说：“这么说，你无疑是天下第一

蛇望着象，蛇眼里流露出无法言说的哀伤。

勇士。我皇宫里最美丽的妃子左脚疼痛，她不能跳舞了。我身为皇帝也无能为力。如果你能取得蛇肝，治好皇妃的脚疼，我将封你为宰相，让你取代当朝宰相的位置。”

听了皇帝的话，象欣喜若狂。他坐上华美的马车，带着浩浩荡荡的军队和随从，从京城回到家乡。一回到家，象马上拿起家里的镰刀，径直跑上山凹。象朝山凹大喊：“蛇！和我从小玩到大的蛇兄弟！我命令你出来，快出来！”

巨蛇慢慢从枯树丛中爬出来：“象，我好久不见你了。你找我，什么事？”

“给我蛇肝！皇帝的妃子因为左脚疼痛不能跳舞，只要我拿蛇肝治好那只脚，就能当上宰相！”

蛇望着象，蛇眼里流露出无法言说的哀伤。

它一句话也没有说，缓缓张开巨大的蛇嘴。

手拿镰刀的象纵身一跳，蹿进蛇腹，蛇腹漆黑一团，蛇肝被污血覆盖，早已黯淡无光。

象凭着记忆摸索，找到蛇肝的位置，一刀，把整个蛇肝割了下来。

巨蛇仿佛往天上转了一圈，又重重落在地上。“砰”一声巨响之后，它一动也不能动了。

和象从小玩到大的花蛇死了。它闭上巨大的嘴巴，好像关上了一扇漆黑的大门。

象留在蛇肚子里，没有出来，他永远出不来了。

人心不足蛇吞象的故事，也就这样结束了。

（完）

## 后记：

这个故事的主题跟《渔夫与金鱼的故事》一样，讲述贪婪的可怕后果。相比之下，这个中国故事更悲哀、更惨烈，因为蛇所付出的不是魔法，而是它自己的心肝。

象拿与他深有情分的花蛇的心肝来满足自己的贪婪，所以，他的结局比渔夫悲惨，渔夫最后只是失去财富，象不仅失去所得，还失去了生命。

"人心不足蛇吞象"，这句话流传广远，小时候在芦村也时时能听到。我最初听到这个故事，是在旧屋的阳台，那会儿夏日的夜炎热漫长，我妈带我们躺在竹席上乘凉，星光璀璨，江风徐来，故事缓缓展开。

> 本故事源于童年时母亲所讲的故事，参考过罗宏杰《挖去眼睛又割肝——"人心不足蛇吞象"故事解析》、辽宁民间故事《人心不足蛇吞象》，以及其他相关故事。

# 罗隐

从前有片大瓜田，瓜田里结了数不清的大西瓜。

一天夜里，管瓜田的罗五郎看见一只老虎从山上下来，蜕下皮，“呼啦”一声变成个漂亮大姑娘，然后钻进瓜田，偷大西瓜吃。

五郎偷偷看着她，心里又是喜欢，又是害怕。

第二天，他把这事告诉隔壁家的阿公，阿公见多识广，教他说：“你准备一团热饭，呵一口气，等那大姑娘一张嘴，就塞进她口里，她吃了饭团，就会忘记她是老虎精，然后你娶她当老婆吧！”

当天晚上，老虎又变成大姑娘来偷瓜了。就在她张嘴想吃西瓜的刹那，五郎冲过去，

罗隐没了爹娘，只得跟祖母一起生活。

从祖母家上学堂得经过一座破庙。罗隐每次走到那破庙门口，本来坐得稳稳当当的一排泥菩萨便都站起身来，朝他弯腰行礼。

罗隐觉得好玩，散学后也不回家，一个劲在庙前跑来跑去。跑到天黑了，星星和月亮都出来了，祖母出来寻他，看到泥菩萨站起又坐下，坐下又站起，一个个弄得大汗淋漓，地上落了厚厚一层泥屑子，而罗隐却在那“嘻嘻哈哈”笑个不停。

祖母大吃一惊，连忙把罗隐拉回家。

回到家，祖母对罗隐说：“下回泥菩萨站起身，你就问他们：‘我长大后要做什么呀？’”

第二天，泥菩萨果然又站起来弯腰行礼，罗隐问他们说：“泥菩萨，我长大后要做什么呢？”

结果，一整排泥菩萨齐声回答：“做皇帝。”

祖母得知孙子长大后要做皇帝，得意得

差点长出金尾巴来。到了小年腊月二十三，灶王爷要上天的那一天，祖母跟邻居万家的老婆子吵架，吵到气头上，说漏了嘴："你有啥了不得？等我孙儿长大做皇帝，要杀尽你万家人！"

话说那灶王爷年纪大，耳朵背，心里也糊涂，心想，杀尽万家人怎么得了？他赶紧上天，到玉皇大帝面前告状："那罗隐可不能当皇帝，他要杀尽万家人哩！"玉皇大帝一听，慌了神，连夜派雷公下凡，让他拆去罗隐的龙骨。

那天半夜，屋顶上雷声霹雳，罗隐只觉得骨头疼痛，身上好像被钢刀锯一样难受，他大声喊："阿婆啊，有人拆我骨头哩，好痛啊！好痛！"

祖母顺手拿过个马桶盖，叫罗隐咬住："咬紧，千万不要放松！"

雷公拆了罗隐的龙骨，给他换上一身讨饭的贱骨头。但是，由于当时罗隐紧紧咬住马桶盖，雷公怕脏，没有换他的龙牙齿和皇帝嘴巴骨。

后来就这么着，罗隐带着一身贱骨头，当上了流浪的叫花子。但是，他仍然留有一张皇帝金口，说什么应验什么。

话说那罗隐长大成人，读书不上进，种田就禾死豆枯，去做生意么——咸鱼一遇雨水就复活逃走，卖豆豉吧，又长出绿芽。到了穷途末路，罗隐饿得没办法，只得狠狠心，咬咬牙，出门去乞食。

第一天出门，天上正下着冷雨，他来到一座瓦窑，想要烤火取暖。但是瓦窑的灶门只有一个，如果让罗隐烤火就无法添柴了。烧瓦师傅于是过来赶他走开。罗隐骂他：“歹心的人啊！你的瓦窑一日烧不熟，两日烧不熟，三日烧不熟……”他一边走一边骂，骂到“六日烧不熟”才停了嘴。于是乎，原本一窑瓦坯只需烧一天，经罗隐的金口说了后，变为要烧七天七夜才能烧熟。

罗隐离开瓦窑，来到一个钵子窑，向烧窑师傅借火取暖。钵子窑灶门多，让他取暖不碍事，烧窑师傅就答应了。师傅看他怪可怜，就剩下的饭也给他吃了。罗隐非常欢喜，就对烧窑师傅说："钵子窑只要烧一日，烧熟也好，烧不熟也可以。"后来，人们烧钵子窑真的一天就烧成了，烧不熟也不影响钵子的质量。

第二天，他游荡到一片水田，看见有个农夫正坐在田埂上，吃热腾腾的香面疙瘩。罗隐走过去讨面吃，农夫说："只剩下这一点了，不够分给你。不如你帮我插秧，我回家给你盛一盆面来。"

罗隐饿得急，就答应了："好啊，快点盛来！"可是罗隐闲散惯啦，哪干得了农活？他歪歪扭扭插了几棵秧，就累倒了，喘着气

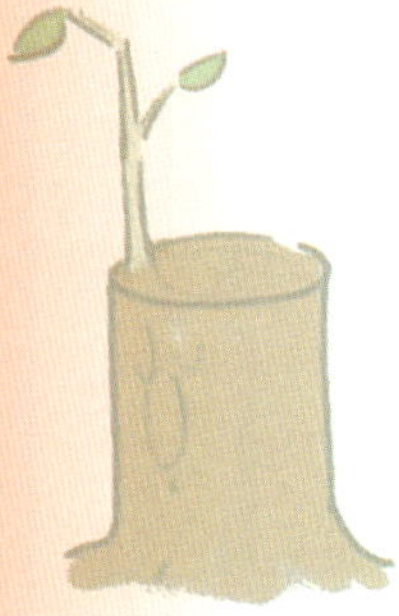

坐在田头等面吃。那农夫装了一大碗面出来，见罗隐那懒散的样子，很生气，骂他道："活都不会干，哪有面条吃？"随手把那碗香面疙瘩倒进水田。

罗隐眼见要到嘴的香面疙瘩被倒掉，气不打一处来，但自个儿理亏呀，不好骂农夫，就咒那碗面条说："大面变牛蜞，细面变蚂蟥。"话音刚落，面疙瘩儿变成了牛蜞，细面条儿变成了蚂蟥。从此，水田里就有了数不清的牛蜞和蚂蟥。

有一日，他翻过山头，走上山坡，突然有只山鸡从路旁飞起，吓了他一跳。罗隐心里着慌，破口骂那山鸡："你这连屎带毛不到三斤重的东西！"因为被罗隐骂过，山鸡总是精瘦精瘦的，重量从不超过三斤。

罗隐乞食乞到建瓯，有一天走在路上，包扎被子的绳子断了，他问耕田使牛的农夫要一根牛绳，农夫说："我若把牛绳给你，怎么使牛呀？"罗隐说："你把牛绳给我，使牛不用绳。"农夫就把牛绳解下给罗隐。说来也怪，虽然没有绳，牛却变得很听话，叫它向左不向右，走停自如，随心所欲。从那时起一直到现在，在建瓯一带，耕田使牛都是不用牛绳的。

罗隐乞食到丹阳，又累又饿，信步走进一家糕饼店，店主人送给他一块杏仁饼，饼上有七八只小蚂蚁，店主人抱歉地说："我店里每块糕饼上都有许多蚂蚁，客官不要嫌弃，要是糕饼店里没有蚂蚁，那该多好！"罗隐边吃边叹道："蚂蚁不要再进糕饼店就好了！"说来也奇怪，话音刚落，只见蚂蚁成群结队从架上、柜里下来，爬出店外，连半个也没留下。从此以后，丹阳的糕饼店一只蚂蚁都没有。

罗隐脚跟没线系，到处皆是家。有一回，他流浪到翔安的大嶝岛，恰好碰到渔民们出海打鱼归来，满仓的狗仔虾，活蹦乱跳的。眼馋的罗隐凑上前去道："渔民大哥，行行好，给我一些海虾尝尝鲜。"渔民看罗隐衣衫褴褛，不想理他："走开，走开，年纪轻轻当乞丐，还有脸要海鲜吃？"罗隐脸涨得通红，转身离去时嘴里嘟嘟喃喃骂道："谁要你的臭海虾？离水臭，下船臭！"说时迟，那时快，整船的海虾立马发出阵阵腥臭，刺鼻难忍，一大群金脑袋、绿翅膀的苍蝇从天而降，"嗡嗡嗡……"绕着船舱打转转，挥之不去，去了又来。渔民知道罗隐皇帝嘴厉害，连忙端起自家煮好的小虾追上罗隐，请他吃虾，又是赔礼又是道歉。罗隐吃得津津有味，点头称赞道："闻虽臭，食还甜。"就这样，这种"狗虾仔"成了闽南大嶝岛的特产，它的独特之处就在于——离开海水马上死去，迅速发红、发臭，但煮熟了吃起来却鲜味更浓，

罗隐就说："杉树砍后，再发新芽。"

香甜可口。

罗隐离开大嶝岛，来到翔安香山脚下，见几个樵夫在山上砍松树劈柴火，罗隐走上前去和人家攀谈。聊得高兴，顺势坐在一段松木头上，没想到松木流出松脂，牢牢地粘住了罗隐的屁股，惹得众人哈哈大笑。罗隐笑着骂道："松柏砍头，就绝后。"樵夫一听急了，道："松木是上好木材，怎能让它绝后？"然而话已出口，覆水难收，咋办呢？罗隐想了想又说："不打紧，松子风传千万里。"从此，只要是砍过的松树，树头很快就枯死了，可松子却能随风飞舞，自然播种在山山水水间，落地生根。罗隐转过一个山头，登上了鸿渐山，看见樵夫在砍杉树。杉木的清香直沁心肺，闻着舒服极了，罗隐就说："杉树砍后，再发新芽。"从此，杉树被砍断，树头又会发芽，长出新株。现在，如果你登上香山，会看到郁郁葱葱的杉树林。鸿渐山就长满杉树，漫山遍野，散发出罗隐当年闻到过的芳香。

……

罗隐走了数不清的地方，说了数不清的话，他说的每一句话都成了真。

有一天，罗隐走累了，饥肠如鼓响，他坐在路边歇息，看见一头又肥又壮的大水牛从面前走过，顺口说："这时日，如果能有一餐牛肉吃，该有多好。"没过一会儿，天上下起大雨，罗隐赶紧躲进附近的一个灰寮里。罗隐喝完葫芦里的酒，说："今朝有酒今朝醉，明日愁来明日愁。"说完他倒头便睡着了。

同在灰寮避雨的，还有个放牛娃。放牛娃认得罗隐，他不想让罗隐吃他的大水牛，就从罗隐身上摘下毛笔，在灰寮柱上写了个歌儿："如今世上奇事多，大伙儿吹牛黑乎乎。平地刮来一阵风，直把罗隐吹过河。"没过多久，罗隐醒来，雨已晴了，放牛娃也走了。

# 秀才不出门，能知天下事

从前有个年轻人，他从小不喜欢读书，看到别人摇头晃脑诵读经典，他就觉得头痛。

他在家里坐不住，就对父母说，只要不让他读书，无论让他做什么都行。他的父亲就托人找到一艘商船，年轻人于是离开家乡，到大船上做了水手。他跟船航行很多年，去过路上铺金砖的城市，遇见过红头发绿眼睛的外国人。

这位年轻人可以算得上见多识广了。

有一回，海上刮起大风，商船偏离了航道，在茫茫大海上，朝未知的方向行驶了很久。船上的淡水喝完了，食物也吃完了，大伙儿正着急呢，就看到前边海面上，有一个长满绿树的岛屿。那岛上明显有一条大路，从海

秀才弟弟听到这里，对他说："我知道，这种鸟生的蛋是四方的。"

岸边一直绵延到树林深处。

船上的人都很高兴，他们把船驶向绿岛，停靠在海岛岸边，一人提一个木桶，上岛去取水。

大路光滑平坦，大伙一路往前走。走着走着，听到了婴儿啼哭的声音：“呜哇！呜哇！呜哇！”

有婴儿就有人家，有人家就有淡水，有淡水就有食物，一船人越想越高兴，他们说说笑笑，走入树林。没想到，一进树林，一条巨大的蟒蛇迎面而来，蟒蛇张开血盆大口，一下子，把路上的人全吞食了。

不爱读书的年轻水手没有走在路上，他跑到一棵树下，想摘树上的果子。见势不妙，马上抱住身边的大树，爬到树的高处。他伏在大树的丫杈上，一动也不敢动，就连大气也不敢出。

大蟒蛇吃饱了，爬到海边去喝水，然后又转头，回到树林深处。

过了好久，年轻水手又听见“呜哇！呜哇！”的声音，这声音离他十分近，就在耳边。他抬头一看，原来在他面前的树枝上，有一个鸟巢，一只鸟儿伏在巢里，睁大圆眼睛瞪着他，“呜哇！呜哇！”叫了两声，又再叫两声。

原来，不是婴儿啼哭，是这种鸟在鸣叫。

年轻水手伸手去捉那只鸟，鸟拍拍翅膀，飞走了。

鸟飞走了，水手看到鸟巢里有四颗鸟蛋，那鸟蛋的形状非常奇异，四四方方的，十分精致可爱，与他以前见过的蛋类全然不同。他觉得有趣，顺手把四颗鸟蛋全掏出来，放进衣袋里。

到了正午，天气变得十分炎热，树林深处传来蟒蛇打鼾的声音。

年轻水手从树上下来，快步朝海边走去。他一直走到大路的尽头，发现海边有一块大石，大石头下有一个泉眼，泉水跟海水相接，清澈甘甜。

年轻水手往船上装了足够的泉水，然后他解开缆绳，让航船离开海岛。船一离岸，他就听见可怕的“沙沙”声，那条巨蟒蛇沿着大路爬出来了，它爬到了路的尽头，探下身子，喝那泉眼里清澈的水。

水手这才想明白，有路，并不是因为岛上有人，它是这条巨蟒走出来的！

年轻水手升起风帆，这一路顺风顺水，他顺利地回到家里。

他有个弟弟，弟弟爱读书，已经考中秀才了。水手哥哥给秀才弟弟讲这次航海的经历，他讲到那个绿岛，绿岛又危险又神奇，岛上有大路，但却不是人走的路，而是大蟒蛇走的路；岛上有“呜哇！呜哇！”的啼声，但却不是婴儿啼哭，而是一种鸟在啼鸣。

秀才弟弟听到这里，对他说：“我知道，这种鸟生的蛋是四方的。”

水手哥哥从怀中掏出四个方形鸟蛋，因

为长途跋涉，蛋壳已经有了裂纹。

“老弟，你怎么知道鸟蛋是方的呢？”

“我是在书里看到的啊！”秀才弟弟喝了一口清茶，告诉他的哥哥，“这种鸟叫婴孩鸟，人类很少能够见得到它，因为它只用稀世灵芝草筑巢。如果你取得它的巢回来，咱这一辈子，都不用愁吃穿了。”

“原来如此，早知道把鸟巢取回来。”年轻水手懊恼极了，他肠子都悔青啦！

唉，谁叫他不读书呢？

（完）

## 后记：

小时候，我爷爷讲故事，总是讲完这个，就讲《太阳山》。《太阳山》是这么结尾的："这个故事就叫'人为财死，鸟为食亡'。"

长大以后，这些年，我一直在读书，我看书极其庞杂，《太阳山》到处有，但这个航海的故事，却没在书上看到过。上网查找，也搜不到——如果我不记下来，它或许便失传了。照理推之，这故事应该是爷爷他小时听来的吧？大人讲给小孩听，是想要他用功读书。

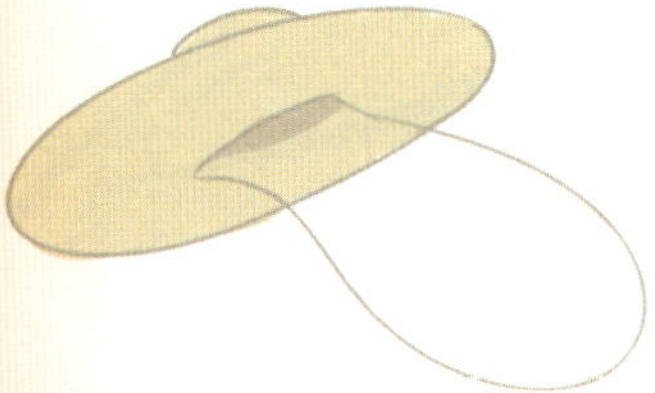

# 担谷公与担灯草

在晴朗的夜晚你抬头仰望星空，银河边有颗金黄色的硕大的星星，它就是担谷公。离担谷公不远处，银河中央有颗苍白的小星星，那是他的弟弟担灯草。

关于担谷公和担灯草，有一个故事。

担谷公本是个男孩子，他的亲娘死了，爹爹娶了后娘。

不久，后娘也生了儿子。这后娘偏心爱自己儿子，视那大男孩为眼中钉、肉中刺。有一天，她刚做好一锅煎堆，对大男孩说：“来，给你煎堆吃！”

大男孩欢欢喜喜跑到炉灶前，伸手去接。后娘手拿锅铲，从油锅里兜起一个大煎堆，一下子按到担公谷手上。那煎堆上的油，可正滚烫着呢，男孩儿小小的手，“吱”一声烫坏了，他尖声痛哭，油煎堆跌落在地。

后娘抄起一根棍子，用力抽打他：“没良心的家伙，没吃的要哭，有吃的也要哭！”

时间一长，男孩的爹爹也开始讨厌他了。

天气渐冷了，后娘把大男孩的棉袄拆开，掏出里头的棉花，填到亲儿子的袄子里。然后她抱来木棉的絮，塞入大男孩的袄子里。北风吹刮起来，后娘把大男孩推到门外，看男孩儿在寒风中颤抖，她和她的亲儿子，得意地笑起来。这时候，爹爹从外头回来，大男孩跑上前，说：“爹爹，我冷！”爹爹看他穿着厚袄子，皱起眉骂他：“真没用！穿这么厚的袄子，还叫冷！”从那以后，爹爹更不喜欢他了。

后娘每日煮粥，给亲儿子吃粥米，给大男孩喝粥水。可是不知道为什么，亲生儿子

哥哥还在银河岸边，弟弟却溺在银河水里。

越来越文弱苍白，大男孩却越长越粗壮，力气大得像头牛。于是乎，但凡要花力气的活计，后娘都吆喝大男孩做。她亲儿子呢，时常一动不动坐着，什么活儿也不用干。

就这么着，时光一年年过去了，两个孩子长大了。那年秋天，田地里割了稻谷，收了灯草。后娘装好满满的两箩筐稻谷，让大儿子担到河对面外婆家去。然后她装了两箩筐灯草，让她的亲儿子挑着。

兄弟两个，挑着担子，一前一后，走上了桥。

正走到桥中央，突然刮起可怕的大风，一时间，飞沙走石，水面翻起大浪。弟弟身子单薄，担子又轻，风一吹就倒了，人和担子一同落到河里。

担谷公本来身体就壮硕，肩挑的稻谷又很沉重，虽然飓风吹得他睁不开眼，但他却迎着风，一步一步慢慢过了桥，平安地走到河对岸。

所以，直到现在，哥哥还在银河岸边，弟弟却溺在银河水里。

哥哥担着稻谷，看起来澄黄金亮，人们叫他担谷公，也唤作“担谷星”。弟弟担的是灯草，看上去很苍白，大伙就唤他担灯草，也唤作“灯草星”。

（完）

## 后记：

我好小好小的时候——那是什么时候呢？两三岁的样子，是三十六七年前啊！那么遥远，仿佛远隔了好几亿光年——那时候，东江清澈干净，星空明朗空灵。夏日的夜晚，我妈和我哥还有我，躺在阳台上乘凉，看银河，看月亮，看星星。就在那会儿，我妈讲了这个故事。我妈说，这是在她好小好小的时候，她的亲娘给她讲的。她的亲爹爹，在她两岁的时候去世了。而她的亲娘，在她刚满四周岁那年病死。也就是说，这个故事，来自她最初的记忆。

我的三十六七年，我母亲的二十五六年，加起来，放在历史的长河里，是多么短暂的光阴，然后时代却在发生了巨大变化。就在今晚，天空并无乌云，然而我再也看不到银河了。只有稀落的几颗孤星，仍在闪耀。

# 太阳山

古时候有兄弟俩，大郎有一块水稻田，二郎也有一块水稻田。

有一年，大郎从一位外乡人手里买来上好的稻种，种了一季，得到大丰收。他种出来的稻子金灿灿的，粒粒饱满结实，还散发出太阳的味道。

稻子一收下来，马上就有几个酒商找上门来，愿意出高价买他的稻谷酿酒。

二郎看了羡慕，就拿了个箩筐，去找大郎要谷种：“大郎，你那黄金稻品种好，给我一箩筐做谷种可好？”

大郎心想：“一分钱不给，就想要我的黄金谷，哪有这样的便宜事？”但二郎是他亲弟弟，不给嘛，显得太无情。于是他接过箩筐，对二郎说："我正有事要忙呢，晚上给你送去。"

等到天黑，他装满一箩筐谷种，倒入大锅煮熟了，才拿过去给二郎。

二郎欢欢喜喜播了种，日日好生照看，又是施肥，又是灌水，等了好一阵不见发芽，他又再等了好一阵，总算有了动静——那稻田中央，有颗谷种发了芽，长出来一株独苗。

虽然只长一株禾，那二郎也没偷懒，还是日日看顾，车水[①]、施肥、锄草、除虫一样没落下，那株独禾越长越高大，越长越粗壮，终于长得与二郎一般高，抽出了禾花，结出来一长串谷穗。那谷穗长呀长，长得澄黄金亮，谷粒硕大——长到后面，颗颗谷粒像石榴一般大小。

二郎待在田间，欣欣然看着那串皇帝谷，

① 注：车水，东莞方言，即"用水车把水抽到稻田里"。

他心下盘算："这串谷穗我也不吃它，我也不卖它，只等长熟了，割下来再做谷种，种出来又再做谷种，总有一天，我要种出满满一田皇帝谷，那真妙不可言……"

正想得欢喜呢，突然平地刮起一阵大风。紧接着，天边飞来一只大鹏鸟。那大鹏鸟从云天高处俯冲下来，径直飞到田中央，伸嘴一啄，把那株独禾的谷穗啄断了。然后它落在田地上，头一扬，脖子一伸，那一串皇帝谷穗全给它吃掉了。

"哈哈，皇帝谷，皇帝谷，名不虚传——好吃，果真好吃！"

二郎趁它得意忘形，一下从地上跳起，身子奋力一跃，不偏不倚刚好扑上大鹏鸟的后背，他紧紧抓住大鹏鸟的脖子，高声说："我辛辛苦苦种出来这株皇帝谷，可不能就这样给你吃了，你得赔。"

大鹏鸟用力甩了几下身子，没能甩掉二

郎，耍赖说：“谷子已经吃进肚子，我拿什么赔你？”

二郎使出吃奶的力气，拔下大鹏鸟一根羽毛：“如果你不赔偿我的损失，我就拔光你的羽毛，再用镰刀割断你的脖子，然后把你烤香吃掉。”

大鹏鸟吓得浑身颤抖：“别拔我羽毛，别割我脖子，我赔你就是。”

“你怎么赔？”

“东方尽头有座太阳山，山上漫山遍野全是黄金和宝石，你随便抓两把，这辈子就不用受穷了。我带你到那儿去，你弄点珍宝回来，怎么样？”

“好。不过你得发誓，你驮我去，还得驮我回来。”

大鹏鸟展开翅膀，把二郎驮上云天：“我发誓，一定会驮你回来。不过，你也得听我的话——那太阳山有个洞窟，洞里有个妖魔，妖魔非常凶猛，它白天睡大觉，夜晚守珍宝。”

晨曦微微露出来，山上的黄金、宝石散发出柔和的光泽。

“那就避开它，白天去好了。”

“白天更去不得，因为太阳一升起来，太阳山即刻生出滚滚热浪，不管是人是魔，鸟兽还是虫鱼，当场就要被烤熟。”

“啊，黑夜去不得，白天去不得——难道你开我的玩笑吗？”二郎生气了，要拔大鹏鸟第二根羽毛。大鹏鸟说：“别着急，你听我说。我已经计算好时间了。我们将在长夜过去，晨曦初露的时候到达太阳山。你捧一把黄金装入左边衣袋，再捧一把宝石装入右边衣袋，然后马上回到我背上。我立即带你飞离太阳山，这样咱俩都不会有危险。”

“好，我听你的。”

大鹏鸟带二郎去到一座高山，喝了甘甜的泉水，吃了苦涩的野果，歇息了一回，大鹏鸟驮起二郎，飞向太阳山。到达太阳山的时候，长夜刚刚过去，晨曦微微露出来，山上的黄金、宝石散发出柔和的光泽。

二郎捧一把黄金装入左边衣袋，又捧一

把宝石装入右边衣袋，然后他迅速回到大鹏鸟的背上。大鹏鸟即刻展翅高飞，飞呀飞，把二郎送回家。

那宝石果然珍稀，二郎只卖掉一颗红宝石，就得了一大笔钱。他置了田地，养了鸡鸭，又养牛羊，日子一下子过得红红火火。

大郎看了羡慕，去找二郎问询：“二郎呀，你哪来这么多钱？”

二郎把如何种出皇帝谷，如何来了大鹏鸟，如何去太阳山取得珍宝的事，原原本本告诉了大郎。

大郎心想，这事并不难，我也可以照着样子做。

于是他也装了一箩筐谷种，倒入锅里煮熟了，然后播到水田去。那稻子过了一阵子不发芽，又过一阵子，田中央果然长出一株独苗。那独苗越长越粗壮，越长越高大，终于长得与大郎一样高。不久，独株抽出禾花，结出一穗皇帝谷。皇帝谷饱满硕大，在阳光里长呀长，长到后头，每一颗谷子都与石榴一般大小。

大郎在田间殷勤看守，一天傍晚，果然来了一只大鹏鸟，它从云天俯冲下来，嘴巴一伸，啄断谷穗，然后它在田中站定，把整串皇帝谷吃进肚子。

“哈哈，又是皇帝谷，好吃，真好吃！”

大郎当即跃起身，向前一扑，伏到大鹏鸟背上，威胁它说：“快带我去太阳山，要不然，我拔光你的羽毛，把你烤香了吃掉！”

大鹏鸟说：“好吧，不过你要像二郎一样，只装满衣兜，就马上回来。”

大郎满口答应，一再保证他不会贪心，绝不多拿珍宝。

于是，大鹏鸟展翅高飞，把大郎驮到太阳山。

那会儿长夜刚过，晨曦初露，漫山遍野的黄金、宝石闪烁着迷人的光芒。大郎从大鹏鸟背上跳下，双眼露出金光，说：“发财了！这下可真发财了！”他捧一把黄金装入左边衣袋，又捧一把宝石装入右边衣袋。衣袋装满了，可是他不满足。漫山遍野的黄金、宝石让他心花怒放，使他歇不下手来。他脱下他的长裤，在两只裤腿口上打了结，把那长裤做成一个大布袋，两手拼命往里面扒黄金、宝石。

“大郎，要走了，快到我背上来！”大鹏鸟唤他。

天边越来越明亮，太阳就要升上来。

“别急嘛，别急，还没装满，还没装满呢！”大郎埋头装黄金、宝石，他那个长裤布袋越来越沉了。

“大郎，快走！快走！”大鹏鸟一再催促，可是大郎不理会它。

大鹏鸟不管大郎，独自飞走了。

太阳升上来，只听得“嘭”一声响，大郎着了火。他身上的衣裳，他的长裤大布袋，一下子，全成了灰烬。

大郎被热浪烤熟了。

再说那只大鹏鸟，等到太阳落山，黑夜还没有降临的黄昏时分，它飞回到太阳山。它本来只想看看大郎。可是，当它闻到香喷喷的烤肉的味道，口水马上滴滴答答流下来。

它一步步走近被烤熟的大郎，大口大口啄食起来。

烤肉实在太美味了，大鹏鸟完全忘记了时间的流逝。

不一会儿，黑夜到来，妖魔醒了。

妖魔从洞窟出来，见大鹏鸟啄食烤肉，顿时怒不可遏。它怒吼着，向大鹏鸟猛扑过来。

大鹏鸟力大无穷，妖魔也力大无穷；大鹏鸟有七十二般武艺，那妖魔也有七十二般武艺。它们真是棋逢敌手，将遇良才。它们越打越精神，越打越有劲，打了整整一夜，还没能分出胜负。

它们丝毫不觉困倦，继续在太阳山上缠斗，完全忘记了时间的流逝。

太阳升起来了，只听得“嘭嘭”两声响，妖魔和大鹏鸟同时着了火，大鹏鸟身上的羽毛、妖魔身上的毛发，一下子，全烧光了。大鹏鸟和妖魔一同倒在地上，它们被太阳的热浪烤熟了。

啊，故事讲完了吗？孩子，让我告诉你，故事永远不会完。我们说说二郎吧。长夜过去，二郎醒来，二郎他去牧羊，二郎他去种地。二郎他不知道太阳山发生的这些事。二郎啊，他一辈子生活在他的小村子里，他娶了一个好妻子，生了一地好孩子，二郎他过得很幸福。

（完）

## 后记：

这个故事我很小的时候就知道了，我一直以为它是最经典的中国故事之一，因为我的爷爷给我讲述过。我记得很清楚，他是讲了《秀才不出门，能知天下事》之后再讲这个的。这个故事原本的题目，叫《人为财死，鸟为食亡》。

长大以后，我在多种故事书里见过它。但是，那些故事都不如我爷爷所讲述的那么精彩。

几乎所有的版本，都说那只鸟是乌鸦，但我爷爷说是大鹏鸟。当然，大鹏鸟更精彩！几乎所有的版本，都说大哥拿了个大布袋去装金银珠宝，而我爷爷所讲，是大郎脱下他的长裤，当场做成一个双烟囱大布袋。当然，这个细节极富智慧！

我爷爷所讲的故事，到大鹏鸟被烤死就结束了。可是我，在给孩子讲述的时候，加上了一位妖魔。这使得太阳山更有魅力，也更凶险。那妖魔，是因为好斗而害死了自己。

多年以前，有个朋友，他读了王怡的一篇杂文，寻遍大小音像店，想找到一个电影光碟——那部电影叫《载满鹅的火车》，也叫《毒太阳》。他没有找着。他只是一遍一遍向我宣讲他的观点——被太阳灼伤。

我想，被太阳灼伤的人，一方面当然是因为太阳过于强烈，但更重要的原因，却是因为欲望。是的，不是太阳本身，而是自身过于强烈的欲望，把你灼伤。

## 河伯与樵夫

一天，一个樵夫在河边砍柴，砍着砍着，斧头跌落河里。

斧头沉入河底，看不见了。

那条河的河水，是很深的。

樵夫伤心地哭起来，因为他很穷，没有钱买一把新的斧头。

河伯听到樵夫的哭声，从水底探出头来，问他说：“樵夫，你为什么哭呢？”

“我除了一把斧头什么也没有。可是，斧头掉落水里了。”

河伯同情樵夫，就潜入水底，很快，他捞上来一把金斧头：“哎，樵夫，这是你丢失的斧头吗？”

樵夫一看，摇摇头：“不，这不是我的

他捞上来一把金斧头："哎，樵夫，这是你丢失的斧头吗？"

斧头。”

于是河伯又潜下水，过了一会儿，他捞上来一把银斧头：“哎，樵夫，这把斧头是你的吧？”

樵夫看了看，还是摆摆手说：“不，这不是我的斧头。”

河伯第三次潜入河底，又过了好一会儿，他捞上来一把破旧的铁斧头：“哎，樵夫，这把斧头是你的，对吗？”

“没错！”樵夫看到自己的斧头，很高兴：“这正是我的斧头！”

河伯见樵夫诚实，一点儿不贪心，不但把铁斧头还给他，还把刚才捞上来的金斧头和银斧头也赠送给他。

樵夫挑起柴担子，一头挑着柴，一头挑着三把斧头，回家了。

他的邻人见他凭空多了金斧头和银斧头，不禁十分嫉妒：“你，你——你从哪里得来这么两样好东西啊？”

樵夫是个老实人，就把遇到河伯的事一五一十告诉了他的邻人。

邻人心想：“河伯既然送给他金斧银斧，肯定也会送给我——因为跟他相比，我要聪明得多。”

第二天，邻人也拿斧头到河边砍柴，砍了几下，故意把斧头甩进河里。然后他在河边坐下，“呜呜呜”哭起来。

果然，河伯从水里探出头来，问他：“你为什么哭呢？”

“我的斧头掉进河里了。”邻人说，“麻烦你帮我捞起来。”

河伯于是潜入水底，捞出那邻人的铁斧头：“哎，你的斧头。”

邻人很失望，撒谎说：“不，这不是我的斧头，我的斧头是黄金的！”

河伯大笑起来，他拿斧头在水面一甩，那斧头“噼噼啪啪”打了一长串水漂，最后沉入水底，看不见了。

河伯也潜下水底，不见了踪影。

邻人坐在河边又哭了很久，但是，河伯再也没有出现。

邻人失去斧头，没办法劈柴，只好到铁匠铺重新买了一把。

（完）

## 后记：

小时候，我爸爸告诫我："斧头很锋利，你千万不要去碰。"对我来说，从小到大，斧头就是一种可远观不可亵玩的东西。因为这种距离感，我总觉得它应该有一些故事。比如《河伯与樵夫》这样的故事。

本故事源于小时祖父所讲的民间故事，也参考过民间故事《金斧头》。

# 老虎不怕就怕漏

从前，在一个可怕的夜晚，刮着很大很大的风，下着很大很大的雨，每户人家都把自家的大门紧紧关闭。

在山脚下有一户人家，家里只有老头子和老太婆。夫妇俩正要吹灯睡觉呢，忽然想起牛屋里的那头牛，因为下雨，那头牛一整天没到野外吃草，现在一定很饿了。

于是乎，老头子和老太婆一人抱一把干稻草，互相扶持着，来到牛屋门前。

老太婆说："今晚怪怕人的，我怕那山上的老虎会下山来偷牛哩。"

老头子抬头望了望牛屋的屋顶，上面的茅草被风吹得呜呜响："我说呢，老虎倒是不怕，就怕漏。"

“啊，漏来了！”

大老虎以为那件蓑衣就是可怕的“漏”的毛皮。

老夫妇走进牛屋，在牛跟前把稻草放下，又互相扶持着，回屋里睡觉了。

话说这会儿，牛屋的角落里正躲着一头来偷牛的大老虎，它伏在地上一动也不动，静静屏住呼吸，竖起耳朵。屋外的风声、雨声，牛吃草反刍的声音，老头子和老太婆的说话声，它都听得清清楚楚。

老夫妇一走，那头大老虎心里直嘀咕：“老虎是百兽之王，而我又是附近山林老虎中最大最威武的老虎之王，森林里每一种动物听到我的脚步，就跑得比风还要快。但是，他们却不怕我，只怕漏——漏是什么呢？——啊，它一定是最可怕，最厉害的猛兽了！”

老虎正这样想着，突然一道闪电闪过，就像一把 长长的燃烧的剑，直刺进森林的心脏去，紧接着传来一声霹雳，像一只巨大的猛兽在咆哮。

“啊，太可怕了，这就是漏！”

老虎吓得缩成了一团，上牙齿和下牙齿

打着架，它四条腿都软了，连站起来的力气都没有了，它瘫软在地上，浑身瑟缩发抖，就像寒风中的一片树叶。

就在这个时候，有个偷牛贼摸进来偷牛。由于天太黑了，他什么也看不见。他走进牛屋，顺着泥砖墙一路摸过去，他摸呀摸，摸呀摸，摸到那只躲在墙角的大老虎。

因为下雨，偷牛贼穿着蓑衣，他摸索着，那簑衣“沙沙，沙沙”响起来。

“啊，漏来了！”大老虎以为那件蓑衣就是可怕的“漏”的毛皮，它的胆子就这样吓破了，瘫软在地上，一动也不能动。

偷牛贼把准备好的铁环穿在老虎的鼻子上，又在铁环上绑上早先备好的牛绳，然后他牵着大老虎，走进了大雨茫茫的黑夜中。

哈哈，你要问，后来呢？天亮以后，老虎看到偷牛贼，会不会很生气呢？

还有，那个偷牛贼，他牵着一头大老虎

到街上卖，能卖出去吗？

嘿嘿，老实说，这些我就不知道啦！

我只能跟你说说那头牛——那头牛么，哈哈，那头牛一直站在牛屋中央，它一动不动地站着，完整地看到了整个过程。告诉你吧，那头牛也不简单，因为，它是一头会讲故事的牛。就在这件事情发生的第二天，牛把故事讲给一个放牛孩子听。后来，那孩子长成大人，又变成老人，他就把这故事讲给他的孙子孙女听，他的孙子孙女又讲给孙子孙女听，再后来……再后来，就是现在了，现在，我把这个故事讲给你听！

（完）

## 后记：

这个故事是我妈讲的，我小时候她讲给我听，在我弟弟小的时候，又讲给我弟弟听。我比我弟弟大十一岁，他听这个故事的时候，我又再听，渐渐体会到讲故事除了好玩之外，也还有深沉的意味——我想它在告诉我们，恐惧让人失去力量，很多时候，力量来源于勇气。

# 圣贤愁

话说那个圣贤愁呀，每日到处骗吃骗喝，他那张嘴呀，不光能吃能喝，更能说会道，从来没有人难得住他，更不曾有人说得过他。

仙人吕洞宾听说这件事，就对铁拐李说：“那家伙不过是个馋嘴猫，能有多厉害呢？凡夫俗子奈何不了他，难道我们仙家也拿他没有办法吗？”

他俩按下云头，当即变出一身富贵衣裳，到广州白云酒楼坐下，点起一席酒菜。

酒香飘逸，不过一刻钟时间，那圣贤愁踱着方步，悠悠然走进酒楼来了。他东瞧瞧，西望望，见偌大一家白云酒楼，唯有吕洞宾与铁拐李的酒菜最上乘。于是他走过来，拱手作揖说：“两位仙家快活又高雅，小弟想

他弯下腰，从小腿拔下一根寒毛，放入了汤锅。

要同台喝酒，可否赏脸？”

吕洞宾与铁拐李异口同声答道：“请坐！”

圣贤愁乐呵呵坐下，唤了一声：“小二，添一副碗筷来！”

店小二殷勤，碗筷很快就送了上来。

吕洞宾说：“俗话说得好，酒无诗不欢，菜无肴寡味，咱们三个难得有缘相聚，不如各赋一首诗，再往这汤锅加入一味佳肴，可好？”

铁拐李当即答应说：“很好。”

圣贤愁也马上附和：“甚妙。”

“那么，我们就拆开‘圣贤愁’这三个字，每人做一首诗。我先取‘圣’。”吕洞宾站起身，捋一捋胡须，吟起诗来，“耳口王，耳口王，壶中有酒我先尝。席上无肴难下酒，切只耳朵表衷肠。”

说着，他摘下一只耳朵，放入汤锅。

待吕洞宾坐下，铁拐李站起身，嘿嘿一笑，吟起诗来：“臣又贝，臣又贝，壶中有酒我先醉。

席上无肴难下酒，割个鼻子配一配。”

说着，他取下自己的鼻子，放入汤锅。

现在轮到圣贤愁了，只见他胸有成竹站起身，字正腔圆吟起来：“禾火心，禾火心，壶中有酒我先斟。席上无肴难下酒，拔根寒毛表寸心。”

说完，他弯下腰，从小腿拔下一根寒毛，放入了汤锅。

两位仙家无可奈何，苦笑起来。一个说：“老弟，你可当真才思敏捷。”一个说：“老兄，你却为何如此吝啬？”

圣贤愁连连叹气，他紧皱眉头，心痛地说：“唉，唉，今日我算是大方了！要不是遇见你们两位神仙，我连一根寒毛也不会拔啊！”

（完）

## 后记：

广州民间故事中的这则《圣贤愁》与湖北故事家所讲的“好吃佬”同属“吃白食型”，故事结构相似，有异曲同工之妙。《好吃佬》已然很精彩，这《圣贤愁》又别有一番风味。这故事请下来两位仙家，以割肉比喻钱财的付出，又暗地里双关《一毛不拔》的典故，实在是很妙的。遥想古代中国，这个故事四处流传，对读书郎来说，不唯有趣，更兼有识字的效果。

注：“圣贤愁”繁体为“聖賢愁”。

本故事参考文本：刘万章《圣贤愁》、林兰《吕洞宾的故事》之《拔根汗毛当当葱》和《圣贤愁的故事》，以及其他相关故事。

# 母亲

早年闯过大世界的黄老虎，他是从棺材里掘出来的。这是怎么一回事呢？我给你们讲一讲。

他的母亲在怀他的时候，生了一场大病，沉疴日重，大着肚子死去了。黄老虎的父亲黄秀才十分悲伤，但再怎么舍不得，也不能够起死回生啊，只得请来殓葬师，把她装入棺材，送入竹林，埋在黄土里。

大约过了两个月，一日清晨，天还没有透亮，开早餐店的袁老板刚打开门做生意，就看见一个女人戴着大草帽，急匆匆从青草小路走过来，递给他两个铜钱，低声说：“买一碗瘦肉粥。”然后就端着粥碗，顺着青草小路，走向竹林。

袁老板开店忙碌，来来往往吃东西的客人也多，他没有太在意。没想到，入了夜，他的宵夜摊快要收摊，那个女人又来了，还是递给他两个铜钱，低声说：“买一碗水蛇羹。”袁老板收了钱，装了羹，看着她轻飘飘地走过荒草路，隐没在黑漆漆的竹林中。

一日这样，两日这样，一连三个月，总是这样。袁老板每日结账算钱，总发现有四个铜钱特别轻盈，他把这种铜钱装入一个木匣，日积月累，越积越多。一天，他打来一盆水，把木匣里的铜钱倒入水里，没想到，那些铜钱没有沉入水底，反而一个个浮上水面，变成一张一张的纸钱（旧时烧祭给死人的冥币）。袁老板不由得寒毛直竖，出了一身冷汗，确认那女人是一个鬼。一个女鬼，每日买热腾腾的瘦肉粥和水蛇羹做什么用呢？袁老板这个人很能沉住气，他觉得这个女鬼并没有做什么坏事，也就没有把这件事

“这位嫂子，以后早晚我都会备好粥羹给你，你只管拿去就是，不必再用钱买了。”

声张出去。

第二天清晨，那个女人又来买粥，袁老板对她说：“这位嫂子，以后早晚我都会备好粥羹给你，你只管拿去就是，不必再用钱买了。”

女人落下泪来：“实在太感谢你了。之前之后的账，你记在村东头黄秀才家就好。”说完，端了瘦肉粥，踉踉跄跄走了。

袁老板做完早上的生意，关了店，直接跑到村东头，找到黄秀才，把那个女子如何天不亮来买粥，入了夜来买羹，自己如何把她拿来的铜钱倒入水盆，只化作一张张纸钱，今朝她又如何让他把账记在黄家的事，一五一十讲了一遍。

黄秀才听完，愣了一会，忽然大哭，然后穿好水鞋，扛起个锄头，直奔墓地。他的父母兄弟听说这件事，也急急跟过去。

黄秀才挖出棺材，打开棺盖，只见他的妻子侧躺在棺材里，脸色红润，睁着眼睛，一个婴孩趴在她怀里，睡得很香，母子身旁放着一个碗，碗里的粥已经喝完了。

黄秀才抱起孩子，孩子离开母亲，“呜哇！呜哇！”大哭起来。黄秀才唤他的妻子，她却纹丝不动，也不回答。探她的鼻息，并没有呼吸；按她的心口，也没有心跳。黄秀才把孩子交给父母，脱下身上的长衫盖在他的妻子身上，哽咽着说：“妻呀，我一定把我们的孩子抚养长大，你就放心，安息吧！”

他的眼泪滴落在她脸上，于是她闭上眼，安息了。

（完）

## 后记：

学者们认为，这个类型的中国故事，表达了对育儿女鬼的赞美，因为她为家族的传宗接代做出了贡献。这是从中国宗嗣观念出发的一种解读。我个人更愿意用“永恒的母亲”这个心理学原型来解读它。在这个中国幻想故事里，这位母亲已经死去，生命已然消失，然而她的爱仍然真实存在，并作用于她的孩子，使他健康成长。缘于这个念头，我把想到的其他题目一一否决，把这个故事命名为《母亲》。

本故事参考文本：顾希佳《墓中儿啼——“鬼母育儿”型故事解析》；广东翁源民间故事《黄老虎》张清水（采录）；广东澄海民间故事《女鬼哺婴》刘佩华（采录）；福建宁德民间故事《墓生儿》刘嫂（讲述）、陈继佑（采录）。

# 吹箫者的奇遇

从前有一个富翁，生了一个不肖的儿子。这儿子不干正经事，终日只以吹箫为乐。

富翁一丁点儿也不爱音乐，开始时他竭力憋着不说他，后来有一天，再忍耐不住，发了大脾气：“烦死人啦，不要再吹了！听见没有？”

儿子正吹得入神呢，竟然没听到父亲的咆哮，依然沉醉在音乐中，宛转悠扬地吹下去。

父亲暴怒起来：“来人啊！把这家伙连人带箫，扔到海里去！”

吹箫者的一个堂兄弟，领了一伙仆人，冲上去，把吹箫者抓住，塞入一个大布袋，“扑通”一声，抛到海里去了。

万幸麻布袋没有扎口，吹箫者钻了出来，抱住身旁一根浮木，漂到一块礁石旁边。他爬上礁石，又饥饿，又悲伤。现在他一无所有了，幸好还有一支竹箫——对他来说，有一支竹箫，就什么都有了。

吹箫者独坐在礁石上，吹起箫来。

他越吹越投入，越吹越动情，风不吹了，海浪不涌了，大海变得很安宁。一个龙女从海底游上来，伏在礁石下，递给他一张请帖："吹箫者，你的曲子打动了海龙王，他邀你到水府龙宫做客哩。"

吹箫者接过帖子，答应了。

海水裂开，现出来一条路，吹箫者跟随龙女，走到水晶宫。海龙王亲自出来迎接，请他坐在贵宾的席位上，拜他为首席乐师，专职在宴会上演奏。

吹箫者在龙宫住了三年，他娶龙女为妻，生活得美满幸福。

可是，时日一长，他忧愁起来，吹箫的

他越吹越投入，越吹越动情，风不吹了，海浪不涌了，大海变得很安宁。

时候，大豆般的眼泪“吧嗒，吧嗒”滴落在水晶地砖上，一曲吹完，他对海龙王说：“海底是很好的，但是我想家了，请允许我回家吧！”

海龙王告诉他：“回去了，就不能再来水晶宫，你要三思。”

吹箫者说：“无论如何，我必须回到故乡。”

“好吧。”海龙王见留他不住，就送给他一个海螺，“你想要什么，就在心里想着它，吹响这个海螺。”

吹箫者手持竹箫，把海螺装入口袋，眼泪汪汪地跟他的妻子辞行。然后他浮上海面，上了岸，回到陆地上的家。那会儿，天已经黑了，他用力地敲门，“嘭嘭嘭！嘭嘭嘭！”门开了，他的堂兄弟走出来，看到他非常惊讶：“啊呀，你是人，还是鬼？”

“我当然是人。”

“人也好，鬼也好。你不能再来这里。

你父亲已经死了，现在，这个家是我的，田产和牛羊也归我了。快走！快走！”

堂兄弟身后，站着一帮凶神恶煞的仆人。

吹箫者没法子，只好离开家门，走到空旷的野外。在月亮下，他取出海龙王赠送的海螺，一边在心里想着他在海底建的屋子，一边吹响海螺。他用心地吹，他慢慢地吹，等到一支曲子吹奏完毕，一所房屋就出现在他面前。这座房屋跟他海底的居室一模一样，他推门入屋，龙女走出来迎他：“夫君，我们情缘未断，你在海里陪伴我三年，我也在陆上陪你三年。”

从此，吹箫者开馆授徒，龙女在家织布，一转眼，过去了三年。

一天，那个堂兄弟到吹箫者家喝茶，看到美貌的龙女，他眼都直了，涎水滴滴答答落在茶杯里。

“哎，咱亲兄弟，自家人，万事好商量。”堂兄弟对吹箫者说，“你想不想要回原先的屋子？想的话，咱俩换一换，怎么样？”

“怎么换呢？”吹箫者问。

“我的屋子换你的屋子，我的妻换你的妻，如何？”堂兄弟翻着白眼说，“你仔细计算计算，这一换，你赚大了啊！”

没等吹箫者回话，龙女就按住他的肩，抢着说：“好呀，这太好啦！就这样定了。”

堂兄弟乐得眉眼开花，当即写下一张契约，按下了手指模。

等堂兄弟一走，吹箫者责怪龙女：“你怎么能应允他？我就是死，也不要拿你与别人交换啊！”

龙女说：“我本是水族，就像你想念陆上一样，我渴念大海。你我的缘分已经尽了。现在，海龙王召唤我回归大海，这片地方，也将要下沉成海。你正好借这个机会，回到原来的家，快快活活过日子。”

第二天，吹箫者带着竹箫，回到原来的家。

堂兄弟装扮一新，喜滋滋来当新郎。龙女坐在床上，仿佛在等待他，他急急爬上床，伸手去搂龙女。没想到，龙女在床上一滚，变成了一尾鱼，鱼尾一拨，当即海浪滔滔。

不过一眨眼的工夫，地陷下去，变成了一片汪洋。

（完）

## 后记：

这段时间读林兰，看到好多篇“海龙王的女儿”类型故事。“吹箫者”“换妻”这两个故事元素是我从前整理过的故事中所没有的。于是我寻思着，想做一篇“吹箫型”故事，这也是钟敬文先生在《中国民谭型式》中所曾提及的。于是找资料，读到《鹤庆州志》的羊龙潭故事，那个故事里的龙女，蒹葭苍苍，在水一方，真是典型的阿尼玛意象，我当场被它打动，顺手写了一则《桃树河》。两篇故事可对照着读，《桃树河》像中华远古神话，这则却是地道的民间故事。

本故事参考文本：钟敬文《中国民谭型式》之“吹箫”型；广东翁源民间故事《海龙王的女儿》张清水（采录）；林兰《三个愿望》之《仙箱》《三媳妇》；林兰《换心后》之《吹箫者的奇遇》《黄口袋》；以及其他相关故事。

# 同病相怜

话说那座繁华的城里，住着个傅老板，他原本家底丰厚，开了十几家大商行，生意做得红红火火。可惜花无千日红，那一年，地方上政治不和睦，军阀要征税，土匪又进城扫荡，傅老板不肯让半生的事业就此破败，仍然勉力维持商行的铺面，一天天把生意做下来。

到了年底，他对着算盘，噼噼啪啪计算了一翻，吓得冷汗直冒。原来商行已欠下一屁股债，而手头上的钱少得可怜。眼看就要过年，要是债主来商行追债闹事，面子上多么难看啊！

他思量再思量，决定出门躲一躲。主意已定，马上收拾简单的行李，带上盘缠，瞒了家人，出门去了。

他坐了一程车，又坐了一程船，上了岸，只朝山野走，走到黄昏，估摸离开家已有二三十里路，举目四顾也没有人认得他。那傅老板走上一座山，那山上有一座荒废的破庙，年深月久，门前织满了蜘蛛网。不过呢，虽说破落，但能遮挡风雨。他选了一间僧舍，清扫干净，住了下来。

不说傅老板在山上艰难度日，只说这山脚下三里地，有个榕树庄，庄里有位韩小二，一家几口的衣食家用都指靠着他卖豆腐的营生。然而天一冷，韩小二犯腰痛，他的豆腐越做越慢，到后来，竟连买黄豆的钱都凑不上来，没办法，只得每日问店主赊账。一日赊十几文钱，小数怕长计，到了年终，竟欠下八吊钱。到了年关，债主肯定更要前来催逼，怎么办呢？他思来想去，总想不出法子。于是借口走亲戚借钱，离了家，来到山上的破庙，

山洞不深，但很宽大，定神细看，里面一缸一缸的全是银子！

心想躲过年关，再把日子过下去。

上山来，却见破庙焕然一新，蜘网清理了，神台佛像拭擦得亮堂堂，地面也打扫得干干净净。绕到庙后，看见一个富态的老者，正在溪边洗蒲团。

韩小二深感诧异，走上前，唤了声“大伯”：“天寒水冷，辛苦你打理这座庙了，咱俩一起洗吧！”

傅老板以为这韩小二是寺庙的管理人，连忙说：“让我洗。我在这里借住几天，也不付房费，为神佛出点劳力，也是应该的。”

韩小二听这话，觉得奇怪，就说：“我因欠了债，无力偿还，所以上来躲着，你一个老人家，为何住到这里来？”

傅老板便把今年的苦况说了一遍，说完自己的事，又问韩小二：“你说你也欠了钱债，咱俩真是同病相怜，你欠下人家多少款项呢？”

韩小二眼泪簌簌落下来：“我今年犯腰疼，

做豆腐总快不起来，天天赊账，欠下卖黄豆的店主八吊钱。昨日他差人来要，我一时没有，只怕过年闹起来不好，所以走上山来躲避……”

傅老板听他说得可怜，不由得叹息起来：“唉，真是每个人有每个人的难处。八吊钱不是大款项，我这里还有一点儿散碎银子，你拿去还债，一家子安安稳稳过个好年吧！”

他一面说着，一面掏出一个十两重的银元宝给韩小二。韩小二初时推辞不肯要，后来见傅老板确实诚恳想帮他，就接过银元宝，欢天喜地下山回家。

第二天便是除夕，韩小二还清了欠债，还有余钱，就上街买来一些食物，放了一半在家里，余下的都挑上山来，与傅老板一起过年。傅老板原本心中凄凉，没想到在荒山上交了韩小二这个朋友，也很欢喜。两人点起炉灶，烹茶煮酒做起饭来。韩小二送上来的食物里，有一味水豆腐，那是他自己做的。韩小二说：“水豆腐要配香菜才有味，这庙下去有个小村子，从前有片菜地，我去找点香菜来。”

他出了庙，走到一条小路上，走着走着，迷了路，绕过一棵大松树，又绕回来。突然，“砰咚”一声，他失足跌入一个山洞里。山洞不深，但很宽大，定神细看，里面一缸一缸的全是银子！

韩小二又惊又喜，赶紧找到洞口，回到寺庙，拉了傅老板来看。

傅老板虽说做了半辈子生意，但他哪里见过这么多钱？只看得傻了眼。韩小二说：“咱去叫人，把这银子抬到你府上去吧！”傅老板说：“不行，这银子是你发现的，应当归你，怎么能给我呢？”韩小二直摇头：“如果不是你给我钱还债，我哪里能回家做水豆腐？如果没有那板水豆腐，哪里会出来寻香菜？如果不出来寻香菜，哪里能见着这洞银子？”

最终，韩小二下山请来几个挑夫，把银缸子掘起来，抬到傅老板家。有了这笔钱，傅老板当即把欠债还清，一家上下欢欢喜喜过了年。

傅老板感激韩小二，从那以后时常到大榕树庄看望他一家人。他为韩小二置了田地，建起房屋。韩小二的孩子都喜欢他，总亲亲热热唤他“爷爷”。傅老板对韩小二说：“咱俩虽然不同姓，也可以做父子。”

于是他们像父亲与儿子一样来往，成了亲人。

（完）

附注：1 吊钱＝1000 文钱＝1 两银子

## 后记：

故事中的傅老板与韩小二都是踏实天真的人。淳朴的天性遭逢乱世，也会日渐艰难，然而，我像八十多年前讲述这个故事的刘万章先生一样，相信淳朴的深处定然有宝藏，也有真情。

我重述这个故事，向刘万章先生致敬。

本故事参考文本：广东海丰民间故事《避债故事》 刘万章（采录）。

# 恶婆婆变猴子

从前有一个恶婆婆，天天变着法子折磨她的小媳妇。

那小媳妇呢，是个内向、柔顺的女人，虽然受尽苦楚，总不敢抱怨。

这天，恶婆婆特意做了一对尖底的水桶，吩咐那个小媳妇："我今天开始吃斋，今晚要用柚子叶洗身子，你去雷公山的雷公潭，挑一担雷公水回来。"

小媳妇便挑起空水桶，走了半天路，来到雷公潭，打了满满两桶水，挑起来就往回走。走了一程，她放下水桶，想歇一歇。但是，那桶底是尖的呀，水桶一着地就倒了，水全泼了出来。

小媳妇没法子，只得回转头，走回雷公潭重新打水。她弯腰装水的时候，在潭中看到自己瘦弱的身影，想到自己孤苦的命运，禁不住鼻子一酸，呜咽起来。

正哭得凄凉，从山门走出来一个雷公，他长着翅膀，高额头，鹰鼻子。那雷公来到小媳妇跟前，问她："阿妹，你哭得这样伤心，是谁冤苦了你？"

小媳妇一边抹眼泪，一边指着水桶底，回答他："我的婆婆总不让我好过。昨夜舂谷到天明，今朝上山来挑水，桶底尖尖无处歇……"

雷公见她可怜，就说："你折些柴枝、摘些野花插到头上，就着雷公潭照一照，我看看你有没有说谎。"

小媳妇放下水桶，折了些柴枝、摘了些野花插到头发上，就着雷公潭照了一照。

雷公伸手击出一掌，只听见"轰隆"一声，一个响雷打在水面上，溅起一片水花。水花

她四脚落地，变成一只老猴子。

像雨似的落在小媳妇身上，她满头的柴枝、野花霎时间变成了金钗、玉花，她原本黝黑的皮肤变得白皙，黯淡的眼睛变得明亮，身体也强壮了，力气大起来，小媳妇挑起两桶水，一口气走回家，她把水倒入水缸，还是很轻松的样子。

婆婆见她变得这样好看，头上插满了金钗和玉花，觉得很奇怪，就大声地斥责她："你今天做了什么坏事？快从实招来！"

小媳妇哪里敢隐瞒，就把在山上遇到雷公的事一五一十说了出来。

恶婆婆心想："本意是让她叫苦头，没想到却让她得了好运，实在太可恨！既然山上有雷公，明日我也去会一会，得些好处回来。"

第二天，恶婆婆穿上破旧的衣裳，挑起尖底的水桶，走上雷公山，来到雷公潭。她学着媳妇的样子，打了两桶水，挑着走了一段路，放下水桶，让水全泼出来。然后她又去装水，一边装，一边呜呜哭。

听见哭声，雷公从山门走出来问她："阿婆，你哭得这样凄凉，是谁冤苦了你？"

"家门不幸啊！"恶婆婆高声哭诉，"我儿子娶了个恶媳妇，她总不让我好过，白天打我，晚上骂我，现在让我上山来挑水，桶底尖尖无处歇啊！"

雷公见她哭得大声，但没有眼泪，就说："你折些柴枝、摘些野花插到头上，就着潭水照一照，我看看你有没有说谎。"

恶婆婆放下水桶，折了些柴枝、摘了些野花插在头上，就着潭水照了一照。

雷公击出一掌，只听"轰隆"一声，一个响雷落在水面上，溅起一片水花。水花像一场雨，把恶婆婆全身都淋湿了。她头上的柴枝与野花，即时变成了荆棘。紧接着，她全身上下长出毛来，屁股后面长出一条尾巴。最后，她四脚落地，变成一只老猴子。

老猴子在水面上照见自己的模样，又恼又羞，不知怎么办才好。后来，它一转身，跑入深山去了。它自己也觉得自己太丑，不好意思让别人看见哩！

（完）

## 后记：故事里所保留的

夫子曰："逝者如斯夫，不舍昼夜。"历史过去了，故事留下来。这个恶人变猴子的故事，想必从前是很流行的。从资料来看，近代的故事采录很丰富。旧中国的恶婆婆虐待小媳妇，想必很常见吧。这里的雷公很有意思，说模样呢，他让我想到盘古，又想到雷震子，在这个故事里，他负责抑恶扬善，这也是很合宜的——你瞧，但凡有人发誓，总爱说这话："我若做坏事，就遭雷劈吧！"

本故事参考文本：林兰《菜花郎》之《猴的故事》（广州）；奉化民间故事《恶富人变猴子》蒋康信（采录）；广州民间故事《三小姐变猴子的传说》天龙（采录）；丁乃通《中国民间故事类型索引》之403A《受苦女郎，神赐美貌》。

# 稻子原本四条腿

古时候，稻子原本长着四条腿。它们在田野长呀长，长到黄澄澄、沉甸甸的时候，就约定一个月黑风高的夜晚，全部从穗子上跳下地，浩浩荡荡又无声无息地跑上农人家谷仓去。

那会儿，农人在睡梦中，又关着门睡觉，走在最前面的稻子先锋就会从墙缝钻入屋子，跑到农人的耳朵边，把他唤醒，叫他起身开门。等所有稻子全入了谷仓，农人才能把门关上，继续睡觉。

后来有一年，稻子又在风中长熟了，一颗颗又饱满又结实，快快活活地从穗子跳下地，浩浩荡荡又无声无息地来到大门前。

“今夜你懒不开门，他日任你割断我的头，搥打我的身，用肩膀挑，开车子载，咱们也不再长脚回谷仓来。”

大门紧紧地关闭着。

稻子先锋从窗户的缝隙钻入屋，跳上床，跑到农人的耳朵边，唤醒他，对他说："请起身开门，稻子要进谷仓了。"

没想到，那个家伙长了一身懒骨头，那会儿他睡得正香甜，怎么肯起身呢？只见他翻了个身，拿被子捂住耳朵，呼噜呼噜继续睡。

稻子先锋连叫了三遍，他都装作没听见，硬是不起身开门。

"不开门是吧？"稻子恼了，"你别后悔。"

那人迷迷糊糊回了一句话："不后悔。"

于是，稻子大军齐刷刷在农人的门前发誓："今夜你贪懒不开门，他日任你割断我的头，搥打我的身，用肩膀挑，开车子载，咱们也不再长脚回谷仓来！"

果然，从那以后，稻子再也不会自个儿回谷仓了。须得人们拿镰刀割，花力气打，用肩膀挑，开车子载，历尽辛苦，才能把它们弄回谷仓去。

这真是“一颗老鼠屎，弄臭整锅粥”，这个懒人，实在太可恨了啊！

（完）

## 后记：

这个故事与《牛偷禾》一样，我小时候听过一点点，这回在林兰童话遇到它，真有“他乡遇故知”的喜悦。故事当然是民间故事家的虚构，但稻子原本四条腿，多么可爱，多么生动！另外，虽然这是个解释类的小故事，但它真是深有蕴藏，且不说教人勤勉这个大道理吧，单单“容易得到者往往不知珍惜”这一点，就足以让人回味。是的，是这样，你必得拿镰刀割，花力气打，用肩膀挑，开车子载，历尽辛苦弄回谷仓，那稻子才是你的稻子。

本故事参考文本：
林兰《相思树》；广东翁源民间故事《稻子》清水（采录）。

# 活诸葛

从前有一大家子，家族中最为足智多谋的，是一位二大爷。他辈分高，脑筋好，人生经验又丰富。他常说一句话：“哎哟，你们呀，真是没见过世面，要虚心地向我学习。我吃的盐，比你们吃的米还多；我走的桥，比你们走的路还长。”

大伙儿都敬仰他，称他为“活诸葛”，但凡摊上繁难的大事，都要请他定夺。

话说这一天，活诸葛在地里种花生，正种得起劲，一个堂侄子飞跑过来：“活诸葛二大爷，不得了啦，家里出大事了！”

活诸葛一听，把花生一甩，光脚上田，一口气跑回家。只见他家的大水牛探头到水缸里喝水，那水缸肚子蛮大，缸口蛮小，牛头一伸进去，两弯牛角卡在里面，怎么拔都拔不出来。一大家子全到齐了，密密麻麻围了一圈，一个个抓耳挠腮跺着脚，谁都想不出法子。

“活诸葛二大爷，你瞧，你瞧，这可如何是好？”

见这情景，活诸葛沉思细想好一会，他把胡子一捋，不慌不忙说：“唉，你们这帮没出息的，这点芝麻大的事儿都解决不了——拿锯来！”

侄子们听得这话，急忙行动，抬来一把砍大树的铁锯。

活诸葛说：“把牛头锯下。”

一大家人分成两拨，一拨按住大水牛的身子，一拨按住水缸。人多好办事，三下五除二，把那牛头锯断了。这一来呢，牛身子和牛头是分开了，但牛角仍然卡在水缸里，牛头还是取不出来。

一大家人，老老少少，男男女女，齐刷

活诸葛说："把牛头锯下。"

刷望向活诸葛。

活诸葛环顾四周，问：“油锤呢？油锤在哪里？”

他老婆说：“在楼上呢。”

“好，你马上回娘家，叫十个人来。”

他老婆向来把活诸葛的话当圣旨来听的，马上跑回娘家，叫来十个身强力壮的亲戚。十个人到齐了，活诸葛说：“把这牛头和水缸给我抬到楼上，在油锤旁边搁着。”

那水缸也算庞大，内里又还有半缸水，再加上一个水牛头，实在还是比较重。虽说有十个人，也费了大力气，忙活了半天，才算搬上楼去了。

“活诸葛二大爷，这下怎么办？”

活诸葛吩咐他的大儿子：“拿这油锤，把水缸打碎。”

大儿子得了令，举起大油锤，“砰”一声，把水缸打碎了。

果然，水缸一碎，牛头就取了出来。大

伙儿纷纷竖起大拇指，称赞活诸葛名不虚传，有大智慧。

活诸葛也很得意，他满心欢喜，吩咐他的老婆、弟妹和嫂子："这事儿还没完。难得大伙儿都在，咱把这牛剥一剥，煮一锅五香牛肉吧，也好酬谢各位劳了神、费了力的亲戚。"

于是剥皮的剥皮，切肉的切肉，生火的生火，不多时，牛肉煮熟了。一屋子人，按尊卑次序坐下来，活诸葛二大爷自然坐在首席。你一言，我一语，热热闹闹，正吃得高兴，突然听得"呜哇——"有人哭。谁在哭呢？原来是活诸葛二大爷。

大伙儿齐刷刷放下碗筷，问他："二大爷，好端端的，为什么哭呀？"

活诸葛二大爷伸出袖子，擦了一把眼泪："我是替你们担忧啊！你们想，我还能活几年？现在有事，我还能替你们想法子；以后我死了，再遇上这样的事，你们怎么办呢？"

（完）

## 后记：

我想象这个故事，是由古时候读过书的某位长辈，一本正经、煞有介事地讲述着。听的人呢，一路听着，一路憋住不笑，一直听到最后，终于忍不住了，讲故事的、听故事的全大笑起来，在笑中回味，笑岔了气。

本故事参考文本：丁乃通《中国民间故事类型索引》之《笨人的故事》I294《取牛头出罐》；林兰《新仔婿的故事》；王心平《多来人》（流传于广州）；以及其他相关故事。

# 猴娃娘

旧时有个女子，坐在绣楼梳妆打扮。涂了胭脂，描了眉眼，往头发上戴了珠花，然后她照镜子，好看是蛮好看了，但她觉得美中不足。

“要是能有一对金耳坠，该有多好呢！”她自言自语。

正遗憾呢，从窗子飞进来一个黄蜂，它在屋里回旋，一边飞，一边唱：“嗡嗡喂，嗡嗡喂，我有一对金耳坠；你若答应嫁给我，宝贝我就送给你。”

那女子抬头一看，蜂子抱着一副纯金的耳坠子，正向她飞来。她心头一喜，暗想道，不过是只黄蜂子，应了它，有什么要紧呢？信口便答应道：“那我嫁给你吧！”

“好好好，说定啦，过三天我来娶你哈。”

话没说完，“吧嗒”一声响，一副精巧的金坠子落到她的前襟上。她拾起在手里，一看再看，戴起来，照见镜子里的自己，真美得像仙女。她心里乐开了花。再抬头看那个蜂子，已经飞得无影无踪了。

过了两天，一只老猴精挑来一担鲜桃子，放在屋中央，它递上一张红帖子，对女子的母亲说：“你是我的丈母娘，我是你的新女婿。这担桃子是聘礼。明天晚上，我来娶你的女儿。”

说完，歪歪扭扭地敬了个礼，转身跑走了。

一家人慌了，一宿睡不好，青天白日也慌张：“好端端一个美女子，怎么能嫁给老猴精呢？”

可是呀，天黑下来，还没来得及点灯，那老猴精吹吹打打，花轿已经到门口来了。

那女子哭哭啼啼，硬不肯下绣楼，但后悔已经来不及啦。老猴精是个又凶又丑的异类，这一嫁定是凶多吉少了，不知道嫁在何方？以后还能不能回家来呢？那女子的娘在屋里踱来踱去，总算给她想出个法子，她找到一包菜籽儿，塞到女儿手里："这菜籽儿你藏身上，待会儿坐花轿，一路往外撒，等菜秧子长出来，娘就去看你。"

"新娘子，上轿来，咱俩恩恩爱爱，生下一堆猴娃崽。"老猴精乐呵呵地招手，喜滋滋地唱。

那女子仿佛着了魔似的，不由自主迈开脚步，出了门，上了花轿。

花轿抬了起来，跑得飞快，一眨眼工夫，消失在黑夜里，连影子都看不见了。

别的女子出嫁呢，第三天要回门拜见父母，这女子嫁了出去，总不见回来。

她的娘想到女儿跟了那老猴精，又是担

心，又是害怕。过了十来天，下了一场雨，门前的菜秧子绿生生长了起来，娘顺着青绿色的菜秧，走到村子外面。走过田野，来到原野，没想到，原野有一群羊，把菜秧子全吃光了。没了菜秧，四野茫茫，路在哪里？

娘没有法子，只得转头，回家了。

大家都说："不要再想她了，就当没有生养这个女儿吧！"

亲生的女儿，怎么能不想呢？娘愁得头都白了。她辛辛苦苦地熬着，过了一年多，一天清晨，娘从女儿的床底下扫出来一卷红头绳，握着那红头绳，她的眼泪不能抑制地流了下来："唉，女儿呀，也不知你是生是死。死了倒好，活着的话，不知道怎么样受苦呢！"

正伤心，窗外来了个喜鹊，冲着她，"叽喳""吱喳""叽喳"叫了三声。

"喜鹊呀，你要是知道我女儿在哪里，带我去找她吧！"

老娘跑出门外，来到树下，把那红头绳

她从布袋里取出一摞金碗，扔到路的左边。

的一头抛给喜鹊。喜鹊衔起红头绳，牵着老娘，朝大山飞去。娘跑得慢，那喜鹊倒也照顾她，飞一阵，停一会。飞呀飞，飞了半天，来到一个猴洞，喜鹊落在洞门前小树上，停下来，不飞了。

那猴洞阴暗又潮湿，洞门口给一块大石头封住，外面的人进不去，里面的人出不来。

“女儿呀，我的乖女儿，你是在这里吗？我是你的娘呀！”

听到亲娘的叫唤，猴洞里面，那女子“呜哇”一声哭了：“娘呀娘，你可来救女儿了！老猴精不在家，你帮我把大石搬开吧！”

娘在外面搬，那女子在里面推，费尽了力气，总算把大石头搬开了。娘走入猴洞，看见女儿脸色苍白，瘦得像鬼一样，怀里抱着个小猴娃，正在喂奶。

“女儿呀，你怎么给老猴精养起娃来了呀！不能再待在这里了，跟娘回家去！”

那女子“呜呜呜”哭起来，母女俩正说话，老猴精从外面回来了。

“啊呀，不好，它回来了，要吃人的！娘，你躲到米缸后面去吧。”

娘刚躲好，老猴精就进了猴洞：“啊呀，猴娃娘，洞门怎么开了？”

“我憋得慌，把它推开啦。”

“不对，屋里有生人气！可恶，谁来了？”

“你疑心生暗鬼，哪有谁来？”

老猴精不信，它这里翻翻，那里倒倒，眼看要找到米缸了。它的丈母娘吓得直抖，抖出声来，给它看见了。

那猴娃娘抢着说：“哎呀，猴娃爹，这不是外人！她是我的亲娘，你的丈母，猴娃的亲外婆呀！猴娃的亲外婆来看咱家猴娃来了呀！”

“哈哈，原来是外婆！贵客，贵客！快坐下，来，吃鲜桃，吃山楂，吃榛子，吃山猪，吃人肉！”

老猴精从袋子里取出鲜桃，取出山楂，取出榛子，又取出半边山猪，一条人腿。

猴娃的亲外婆从米缸后面走出来，在老猴精对面坐下，看它泡了竹叶茶："女婿，你老眯着眼，是不是眼睛有毛病呀？"

那老猴精正闹枯眼病，听了这话，连连点头："对呀，眼睛不好，痒死了，疼死了！"

"我会治眼疾哩！你躺下，让你媳妇儿给你点几滴眼药水，准好。"

老娘塞给女儿一瓶胶水，示意老猴精躺下不要动。老猴精躺下，闭上眼，它媳妇往它眼帘涂胶水，一边涂，一边哄它："猴娃爹，你静养着，不要动，等我烧好午饭，再叫你起来吃饭哈。"

老猴精闭着眼，听到锅碗瓢盆一阵响，以为媳妇在烧饭。其实呢，那猴娃娘从墙上取下个大布袋，到厨房收起金饭碗、金筷子、金拚杖，带走了。

过了好一会，没闻到米饭香，老猴精说：“猴娃娘，午饭烧好了么？不要怠慢了外婆。”

没听到答应，老猴精大喊起来：“猴娃娘！猴娃娘！”

小猴娃受了惊吓，哭起来。

老猴精听得声音不对，跳起身想看个究竟，可是呢，眼皮给胶水死死粘住，怎么挣扎都睁不开眼。他急得拼命擦，好不容易才把胶水撕开，眼睛痛得火烧火燎的。但它顾不上啦，出了门，拔腿就追。它是个妖精，力气又足，追得像风一样快。

那女子和她的老娘裹了脚，走得老慢，老猴精眼看要追上来，女子说：“不怕，我有法子。”她从布袋里取出一摞金碗，扔到路的左边。那老猴精生性吝啬，怎么舍得丢弃金饭碗？它捡起金饭碗，跑回去放入猴洞，又继续跑出来，追它的猴娃娘。眼看又要追上，那女子取出金筷子，扔在路右边。老猴精气得要爆炸，但它爱惜家财，忙不迭捡起金筷

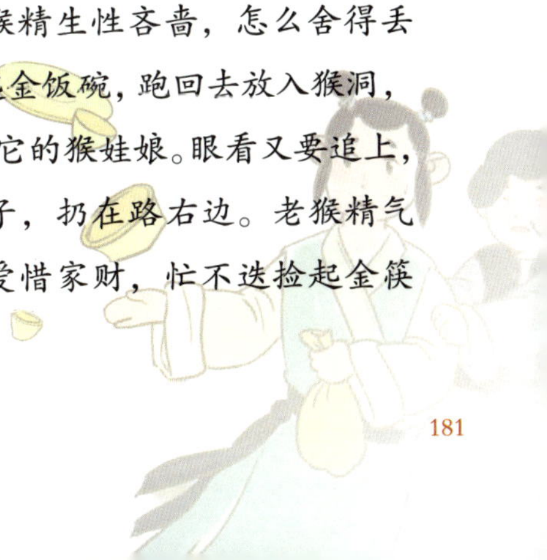

子，跑回猴洞，放起来，又搬石头塞住猴洞，继续追它的猴娃娘。眼看又要追上啦！那女子从布袋取出金擀杖，扔在路中央。老猴精跺着脚，大声骂：“造孽呀，造孽呀，净会糟蹋东西的坏婆娘！”它把金擀杖捡回猴洞，又再追出来。可是呢，来不及了，猴娃娘和猴娃外婆已经回到家，把大门紧紧关起来。

那老猴精舍不得那女子，每到天黑，就抱着猴娃，坐在那女子门前的石碾上，哀哀地哭，苦苦地喊：

猴娃娘，狠心肠，
抱起猴娃哭一场！
我不要那金碗金筷金擀杖，
只要我猴娃的亲生娘！

夜夜叫，月月叫，叫来叫去总是这套话。那女子的兄弟听得不耐烦，他们堆起柴火，把那石碾子烧得通红。

老猴精眼睛不好，天又黑，压根看不清楚状况，那会儿，它抱着猴娃，又来到门前，照例把小猴精一放，往石礅子一坐。只听得“哧啦”一声——糟啦！老猴精屁股上的毛全被烧掉了，它“吱哇吱哇”怪叫着，跳出老远。那小猴精呢，小毛屁股也给烫成个赤红赤红的光屁股，哭得好凄凉。

“毛东西，还来不来了？”

“再不来了，再不来了！”

老猴精与小猴精跑了，再不敢来了。

那家人把那女子嫁给远处的一户人家，每到夜里，她总听到山风里传来一个声音：

猴娃娘，狠心肠，
抱起猴娃哭一场！
我不要金碗金筷金拚杖，
只要我猴娃的亲生娘！

（完）

## 后记：

《猴娃娘》这个故事，从看到钟敬文的《中国民谭型式》就一直在追，这回终于在林兰童话看到各式各样的版本了。要怎么写这个故事呢？从前也试写过好多次，总写不下去。倒不是资料不齐备——难道，我是在心疼那个小小的猴娃崽么？人世间，多的是悲欢离合的故事，这老猴精与猴娃娘的姻缘，映照着寻常百姓的某一类婚姻。这里面的命运，经历过也就经历过了，这里面的眼泪，流过了也就擦干了。

只是，那个可怜的猴娃崽，以后，它能怎么办呢？

本故事参考文本：钟敬文《中国民谭型式》之“猴娃娘”型；丁乃通《中国民间故事类型研究》312A《母亲或兄弟入猴穴救女》；林兰《猴屁股为何没有毛》《殉情的妖精》《五郎子》《猴儿娘》；以及其他相关故事。

# 金瓜子

从前有个老爷村，村里有座老爷庙，庙内供奉着一排老爷神像，庙外檐下有一排燕子。

春日清晨，一个学飞的小燕子摔下来，跌伤了翅膀。

村里的哑巴阿仁走过，看那燕子蛮可怜，就捡起来，抱回家，给它敷了草药，舀一碗清水，装一碟白米，捉虫子、扑蛾子喂养它。过了十来天，小燕子伤好了，它朝阿仁点点头，表示谢意，然后，振动翅膀，飞走了。

过了几天，那小燕子飞回阿仁家，嘴里衔着一颗金瓜子。阿仁伸出手，小燕子把金瓜子放在他的手掌心。

阿仁喜欢那颗金瓜子，把它种在后园里。春雨滋润它，春阳照耀它，春风养护它，金瓜子发了芽，长成一株茁壮的向日葵，葵枝葵叶蓬勃生长，没多久，开出一个巨大的花盘。那花盘一日一日长熟了，在风中“哐当哐当”响起来。阿仁摘下花盘，放在屋中央。啊呀，不得了，满满一盘金色的葵瓜子，全是纯金的！

阿仁得了那么大一盘黄金，一家人马上富裕起来。

阿仁的邻人阿巧，一向是个伶俐人。他见阿仁得了这么大的好处，心里不平衡：“哼，他做的事我也会做。他能得金瓜子，难道我就不能得？”

夜深了，人静了，阿巧蒙了面，搬了架竹梯子，爬到老爷庙檐下，捉下来一只燕子，把翅膀硬生生折断，扔在墙根下。扔下呢，又不放心，怕被老鼠拖了去，便拿来个竹筛子，

飞呀飞，飞过阿巧的屋顶，飞过阿仁的屋顶，一直飞到老爷庙上空。

严严实实盖起来。

第二天，大清早，他装作偶然路过，从老爷庙的墙下捡了那燕子回家，学着阿仁的样子，给它敷草药，清水白米养护起来。过了十来天，燕子伤好了，那会儿秋凉叶落，它飞上天空，跟随南迁的燕群飞走了。

阿巧望眼欲穿，盼过冬天，到了春天，他救护的那只燕子终于飞回来了，它嘴里衔着一颗大金瓜子，送到阿巧的手掌心。

阿巧喜出望外，赶紧把金瓜子种到后园，又是浇水又是施肥，没过多久，果然长出来一颗向日葵。那向日葵蓬蓬勃勃长起来，越长越壮，越长越高——后来，它长得比屋顶还高，开出来一个巨大的花盘。

“哈哈哈，我这个金花盘，比阿仁那个大多了！”

可是呢，植株太高，摘不到。

阿巧搬来竹梯子爬上去，仍然够不着。

怎么办呢？阿巧有办法。他甩掉竹梯子，手脚并用，攀着向日葵的茎向上爬。可是呀，真奇怪，他往上爬一段，脚底下的茎子就枯萎一段。爬呀爬，越爬越高，那个金花盘失了根茎，带着阿巧飞了起来。飞呀飞，飞过阿巧的屋顶，飞过阿仁的屋顶，一直飞到老爷庙上空。

阿巧朝下一看，哎呀，老爷庙的燕子叽叽喳喳叫唤，仿佛全都在骂他！

阿巧心里一慌，两个手攀不住，“噼啪”一声响，重重摔落在地上。

幸亏老爷庙护佑，阿巧没有摔死——他只摔断了一条腿。

腿断了，“哎哟哎哟”痛了大半年，请医问药也不能痊愈，那个阿巧的后半辈子呀，走起路来，总是一瘸一拐的。

（完）

## 后记：

小时候，祖父讲《吴刚伐桂》的故事，与我后来在神话书中读到的很不同。祖父所讲的吴刚，原是村里一个小孩子，他拿弹弓打伤燕子，那燕子没有死，吐出来一颗金瓜子，金瓜子结出大金瓜，吴刚攀上去摘，他攀一段，瓜藤就枯一段，攀呀攀，一路攀到月亮上。那金瓜破开来，里面有一把银斧头。那月亮上有棵桂花树，结满了金桂子。吴刚拿银斧头砍金桂树，砍一斧子，天狗就跑来咬他屁股一口，吴刚就去追，追一圈呢，桂树上的斧口就长回去了。吴刚又再砍，天狗又再咬，吴刚又再追，桂树又再长回去，如此循环往复。

这几年，我时时想到这段故事。吴刚本为远古神话人物，他是东方的西西弗斯，我总想编写一个像《盘古开天》《女娲造人》《夸父逐日》《精卫填海》那样的精短故事，来呈现他身上的隐喻。

如此一再想起，又一再放下。直到今年九月，读到林兰童话，读到潮州这个《砍桂的故事》，它与我祖父的讲述如此相似，叫人无比亲切。我综合钟敬文“燕子报恩”型的梗概，着意保留“爬一段枯一段”的故事片段，写成这篇故事。

本故事参考资料：钟敬文《中国民谭型式》之“燕子报恩”型；潮州民间故事《砍桂的故事》章雄翔（采写）；儿时祖父所讲的《吴刚伐桂》故事。

# 竹王传说

古时候，石门山的山脚下有个女人，有一天她到河边洗衣裳，洗着洗着，河里漂过来三节楠竹，楠竹里传出婴儿啼哭的声音。

女人觉得害怕，伸手把楠竹推开。没想到，不推还好，她一伸手去推，那三节竹子反倒跟上她了，随水流到她脚边，不再流走。

女人破开大竹，见竹筒里面躺着个男孩儿，孩子长得端正清秀，哭声清脆响亮，目光炯炯有神，女人一见就很喜欢，便把他抱回家养起来。

因为这孩子是从竹节里头生出来的，女人给他取了个名字，叫“竹生”。

竹生长到十二岁，成了远近有名的孩子

王，很奇怪，不仅村里的小孩子听他话，山上鸟雀、河里鱼虾也听他的话。竹生日日呼鱼唤鸟，好不得意，大伙儿也不唤他“竹生”了，都开玩笑唤他“竹王”。

一天清晨，竹生照例出门捕鱼。也像往常一样，他不撑渔船，只带个渔网，坐到水边石头上，远远见河里游过一群鱼，竹生就伸手招呼：“鱼儿，鱼儿，过来！”

那群鱼听他叫唤，马上调转方向，朝他游过来。

等鱼儿游到脚下，竹生扬网一撒，那群鱼给他网住了。

就在那会儿，河边竹林走出个老乞丐，问竹生说：“你这网鱼的功夫，谁教你的？”

“没人教，我自己会的。”

“这就对了，你就是我要找的人。”老乞丐说，“你到我跟前来，拜我为师，我教你做一番大事业。”

那老乞丐穿得破烂，又老又丑，竹王瞧

不起他，顺手捉一条鱼扔过去：“你有啥样本事，敢当我师傅？”

“我本事有多大，以后你慢慢会知道。你这鱼我收下了。等会儿你回家煲一个鲜鱼竹筒饭，带到这儿来，我慢慢教你。”说完，老乞丐跺一跺脚，脚下生出一朵白云，他踏着白云，升到竹林上空去了。

竹生知道自己遇上神仙，马上回家煲好一竹筒鲜鱼饭，带到河边竹林来拜师。

老乞丐吃了竹筒饭，便教竹生砍下两株楠竹，削成薄薄的篾条，一老一少编了两个竹篮。竹篮编好了，老乞丐让竹生拿竹篮到河边去打水。

两个竹篮放下水去，两个竹篮提出水来。竹生编的竹篮“滴滴答答”漏掉了半篮水，老乞丐竹篮里的水，却一滴也没有漏出来。

老乞丐不吭声，从脚下挖起泥巴，用竹篮里的水和泥，十个手指头左捏一下、右捏一下，很快捏成三队兵马。老乞丐朝兵马吹一口气，泥兵泥马立即活过来，练兵的练兵，搭营的搭营，烧饭的烧饭，一行行一列列，井井有条。

竹生见泥兵泥马好玩，也照着样子，用泥巴沾水捏成三队兵马，“呼”一声，朝它们吹一口气，那兵马果然也活了过来，练兵的练兵，搭营的搭营，烧饭的烧饭——可是，饭还没烧熟呢，那泥兵泥马散了架，一个个倒在地上，变成一摊泥。

“你天赋极高，可惜性子太急。”师傅说，“竹生，你要记着，想要成大事必须沉得住气。你要学会心聚神凝，慢慢把胸中真气吹出来，吹真气的时候，不能发出‘呼呼’声。”

竹生照师傅教的方法，沉住气，心聚神凝，慢慢吹出真气，不发出一点声音。果然泥兵泥马活过来就不再散架了。

竹生喜欢玩泥兵泥马，他每天跟师傅到河边捏泥人，吹活了就指挥兵马打仗玩儿。

就这样，每日玩到天黑。天黑了，月亮出来了，老乞丐就吹响冲锋号，让那些兵马跑进竹林去。

就这样每天学艺玩耍，捏泥兵泥马打仗，玩了两三年，竹生玩腻了："师傅，你还有别的本事吗？"

"下一样本事，要到你满十六岁才能教你。"

那竹生性子急，等不得时日，信口骗他师傅："你快教我，上个月我就满十六岁了！"

其实，那一年，竹生才刚刚满十五岁。

竹生身材长得高大，人也聪明，师傅也就没有疑心，他带竹生来到竹林深处，手指着竹林中最老的那株楠竹，喃喃念了几句咒语。

"竹生，今天你先回家，明日清早拿家里的菜刀出来，你砍下这株竹，做成一把弓，三支箭。弓箭一做好，你马上到石门边那个

竹王骑上神马，腰佩宝刀，手执神鞭上山练兵。

石洞找我。”

说完，师傅就走了。

第二天清早，竹生依照师傅吩咐，拿菜刀砍下那株老楠竹，刚刚好做成一把弓，三支箭。竹生带上弓箭走进石洞，只见那老乞丐端坐在洞中央，正在练功。他面前放着一个大铜盆。

“竹生，把你的弓箭放入铜盆。”

竹王把弓箭放入铜盆，老乞丐张开嘴，从嘴里吐出三只乌鸦，乌鸦一入铜盆，马上变成三团金火，竹弓和竹箭在铜盆里燃烧起来。

很奇怪，竹弓和竹箭虽然烧着了，却没有化成灰烬，反而越烧越翠绿，越烧越明亮。

老乞丐咳嗽了三声，因为吐出了那三只乌鸦，声音变得很苍老：“竹生，事到如今，我不再瞒你，我家原本是皇族，现在的皇位本来应该我来坐，因为奸臣谋害、外族入侵，才隐姓埋名，隐居在这石门山。我祖父修炼

60年，炼成一把宝刀，能挡水火风雨；我父亲修炼60年，炼成一条神鞭，能打出十万神兵；我修炼60年，炼成七个鸡蛋，能砸开神山石门，放出一匹神马。现在宝器炼成，但是我老了，已经没有力量完成祖宗的心愿。现在，这些宝器都归你了。只要你按我说的话去做，一定能射死奸皇，除去逆贼。”

竹生问：“我应该怎么做呢？”

老乞丐带竹生走出洞门，让竹生搬石头封住洞口：“竹生，从今天起，过七七四十九天，铜盆里的魔箭就能炼成，它通天神地鬼，势不可当。到那时你走上山顶，弯弓搭箭，朝北方皇城连射三箭，就能射死皇帝。射出魔箭之后，你马上回到石洞，搬开铜盆，三样宝器就在铜盆下面。你拿七个鸡蛋砸山脚下的石门，石门自动会打开，神马会跳出来；你骑上神马，拿神鞭抽打山上的楠竹，楠竹就会爆裂，出来十万神兵；你只管带领神兵迎战皇城来的军队，他们用火攻你，你拿宝刀挡，火就烧回他们身上；他们用水攻你，你用宝刀挡，水就冲回他们身上。不过你要记着，竹林神兵只在这石门山方圆百里才有威力，你守住石门山自立为王就好，绝不要贪功冒进，否则前功尽弃。”

竹生一一答应，老乞丐脱下草鞋，赤着脚，打散头发，侧身钻入那一线天的石门，消失不见了。

竹生一向性急心痒，哪里等得七七四十九日？不到二十日，他急得像热锅里的蚂蚁，坐也不安宁，睡也不安宁。好不容易熬到第四十七天，他心痒得受不了，提前去到石洞前，搬开封住洞口的石块。

一阵风吹进去，铜盆里蓝幽幽的火一下子冲上洞顶，再一阵风吹进去，铜盆里的火熄灭了。

被三昧真火炼了四十七天，魔弓魔箭发出碧绿的光，就像四段仍然活着的竹子。

竹生拿起魔弓，魔弓十分清凉，仿佛被冰雪镇过。他走上山顶，朝向北方皇城方向，弯弓如满月，箭发若流星，“嗖——嗖——嗖——”连发三箭。

三支魔箭一离开弓弦，马上消失不见。

先不说竹生，只说那皇城里的皇帝，这会儿正坐在朝堂议事呢，文武百官分列两旁，皇帝端坐金龙宝座中央。突然，三支绿竹箭凌空飞来，直射向皇帝心口。皇帝心口连中三箭，从龙座上滚落下来，昏倒在地，不省人事。

文武百官乱作一团，宫廷御医急忙赶来，扶起皇帝，检查伤口，幸好，这三支箭到金銮殿已是强弩之末，射到皇帝心口时力量已微弱下来，三支绿竹箭射穿了龙袍，只伤了皇帝一点皮肉。

皇帝心惊胆战，冷汗直冒，当即命令当朝太师彻查这起冷箭事件，务必找到射冷箭的人，以绝后患。

那当朝太师也通一点法术，他拿那三支竹箭问卜推算，很快锁定了石门山。

皇帝说："我要亲自带军队去石门山，捉住那个逆贼，把他五马分尸，才解得我心头大恨！"

于是乎，皇帝率领二十万大军，向石门山行进。

再说那竹生，射出三支魔箭之后，马上回到师傅的石洞，搬开铜盆，取出师傅留下的三样宝物。当晚月亮出来，月光照亮石门，他拿七个鸡蛋来到石门的崖壁前，那石门陡峭、狭窄，只露出一线天光。竹生脱下草鞋，赤脚站在石门前，他手握鸡蛋，奋力朝石门的崖壁砸去。

砸第一个鸡蛋时，只听得"轰隆"一声响，石门里冒出来一股白生生的烟雾。

砸第二个，第三个，第四个……声音越来越响，烟雾越来越浓，浓雾中生出火光，砸到第七个鸡蛋时，石门里面火光冲天，崖壁“轰隆隆”一阵响，石门朝两边打开，紧接着，一道白光闪过，从石门里跳出来一匹银光闪闪的神马。

竹生大喊一声，唤得那匹神马来到身边，他纵身一跃，骑上神马，神马高声长啸，驮起竹生，腾云驾雾，从山脚跑上山顶，又从山顶跑下山脚。就这样跑了两转，那石门山漫山遍野的楠竹，听到神马的长啸声和马蹄声，就像被激怒了，支支站得直挺挺，在风中抖个不停，竹节中传出千军万马的厮杀声。

竹生抽出神鞭，一面在山间跑，一面扬鞭“噼噼啪啪”朝楠竹打去，山上的楠竹被神鞭打中，就像着了魔，一个个竹节膨胀起来，紧接着“砰砰砰”炸裂。爆炸声响个不停，数不清的士兵从竹节跳出，那些士兵个个骑着战马，身穿盔甲，手执长竹鞭，腰佩金宝刀，他们见风就长，只一会儿工夫，一个个长得身高体壮，威猛异常。

竹生拿神鞭打了一夜，一共打出来十万神兵。

有了这十万神兵，竹生在山上自立为王，自称“竹王”。

白日里，神兵隐藏在竹林深处，晒太阳，喝风露，养精蓄锐。

到了夜晚，竹王骑上神马，腰佩宝刀，手执神鞭上山练兵。练了三七二十一日，竹王练成了八卦龙门阵，而皇帝的二十万大军也来到了石门山下。

两军对阵，短兵相接，竹林神兵高举竹鞭，朝官兵奋力抽打。但凡被竹鞭打中，官兵立马倒在地上，动弹不得。不过一会儿，官兵就倒下一大半。皇帝一看这阵势，大吃一惊，连忙命令官兵后退三十里。

退兵三十里，官兵就地安营扎寨。当朝太师起卦一算，算出了玄机，他向皇帝献策：“皇上不用担忧，那竹王的兵马五行属木，明日他们追过来，我们用火烧他。”

第二日，竹生带领军队攻过来，太师找来三百头骡子，往骡子身上绑满松枝和芒草，然后把骡子赶到阵前，一见竹王神兵，马上点燃系在骡子尾巴上的松枝。那群骡子浑身着火，吓破了胆，拼了命朝十万神兵冲去。

见火骡冲来，竹生不慌不忙，抽出宝刀一挡。只听得“呼”一声响，宝刀迎风长大几十倍，刀面霎时间变得明晃晃、亮晶晶，看上去就像一面墙。

三百头着火的骡子一看那刀面上的影子，以为对面正有三百头火骡子冲杀过来，这一吓非同小可，马上转头猛跑，这一跑不得了，正冲入官兵营寨，营寨和粮草烧了个精光。

竹王接连打赢两场仗，他年少轻狂，不再把官兵放在眼里。他忘记了师傅的叮嘱，一味领竹林神兵狂追猛赶，追呀追，追到了京城。

皇帝躲入皇城，关紧城门，吩咐官兵在城墙上死守。

竹王的十万神兵在城外攻了三天，没能攻破城墙。因为远离了石门山故土，竹林神兵渐渐萎靡不振。第四天，太师命令官兵朝城外发射焰火流弹。

焰火流弹像一场烟花雨，落到竹王的营寨。神兵一挨到流弹就着了火。不过一个时辰的工夫，竹王的十万神兵，全都烧成了灰烬。

官兵打开城门，像潮水一样涌出来。看见大势已去，竹王慌忙骑上神马逃跑。

他在前面跑，官兵在后面追，神马马不停蹄，跑了三天三夜，逃回到石门山。

来到石门前，神马纵身一跃，驮着竹王跳入石门。只听得“轰隆隆”一阵响，石门越收越窄，闭合了。官兵用斧头凿，用猛火烧，又抬大石头撞，他们用尽了一切办法，也不能够把石门打开。

太师只得带兵回京城复命，说竹王已经

死在石门山上。

不过，传说竹王没有死，他成了神。一直到现在，竹王依然时时在山上显灵，月圆的夜晚，在石门山下的村子，能听到千军万马的厮杀声——那是竹王在练兵，他打算卷土重来哩！

（完）

# 后记：寻觅竹王神兵

“竹王手持神鞭鞭打楠竹，竹节爆开，出来十万神兵”这个故事情节，定然曾经在南方广泛流传。

我小时曾听祖父说宋朝最后一个皇帝其实没有死，陆将军背负他潜伏于水底，后来在一个叫石门山的地方隐姓埋名——那个村子后来就叫赵家村。一天，赵家村一个孩子遇到神仙，那神仙传给他一条神鞭，告诉某月某夜鞭打楠竹，月亮下会出来十万神兵。依靠那十万神兵，赵家就可以复国坐朝。但是那个孩子性子急，没到时间就去打竹子，结果神兵虽然出来了，却没法动，最后没能成事。

多年来我一直寻找这个故事，只可惜一直没找着。直到买回来刘守华老师的《道教与中国民间文学》，读到书里收录的《竹生的故事》，还有同类型故事的分析，我大喜过望，依照书中的提点，又去查丁乃通的书，看到“早发的魔箭”的故事情节，只可惜丁乃通书里提到的故事我也找不着，上网也只能查到《竹郎》和《泥王造反》两则，我融合上述的资料，依着早年祖父讲述的故事结构，写成这一篇《竹王传说》。

这个故事的整理历时一个多月，去了两次图书馆一无所获，想找到丁乃通提到的“林兰女士”的书，也竹篮打水没见着影子。整理中国故事的甘苦，真不足为人道也。我想到那些故事，曾经广泛流传，给予无数孩子童年幻想，如今却无迹可寻，想到这些，便又鼓起力气，把这件事做下去。

本故事源于童年时祖父所讲的故事，参考过刘守华《道教与中国民间文学》、贵州民间故事《竹生的故事》、民间故事《竹郎》和《泥王造反》，以及其他相关故事。

# 渔夫与水鬼

从前有个渔夫，年近五十，没有儿子。因为家中冷清，每吃过晚饭，他总要提一葫芦酒到渔船去，独酌一回，再撒网捕鱼。

那年中秋，家家户户赏月团圆，渔夫看着江中月影，只觉得幻美迷人。他打开葫芦，往水里倒下半葫芦酒，祝颂道："今夜中秋，风清月明，水里的孤魂野鬼，来喝一杯吧！"

话音刚落，来了一个少年。

少年文质彬彬，身穿读书人的衣裳，在渔夫对面坐下："我来了，多谢你的邀约。"声音轻飘飘，但听起来很喜悦。渔夫知道他是水鬼，心里有点怕。不过，碰杯饮酒，两人说话蛮投契，转眼夜深，渔夫相见恨晚："早知你在这里，以前就该唤你上来。"

碰杯饮酒，两人说话蛮投契，转眼夜深，渔夫相见恨晚：“早知你在这里，以前就该唤你上来。”

“可不是吗？我在这块水域，已经待了二十二年。”

放下酒杯，少年站起身：“我去给你赶鱼。待会儿听得水响，你就撒网。”

不一会儿，渔船边“噼啪哗啦”，水声大作。渔夫撒下网去，沉甸甸拉起来，全是大鱼。

渔夫得到满仓的鱼，第二日卖鱼得利，远远胜于平时。

从那晚起，每一夜，那个少年水鬼都到渔船来，与渔夫饮酒聊天。渔夫怜惜少年早死，又慨叹自己膝下无儿女：“要是你是我儿子，该有多好。”

少年笑道：“渔父夜夜请我饮酒，我赶鱼你撒网，我与渔父，亦算有父子情分。”

这样过了两年。

有一晚，渔夫来到渔船，少年已经先到了。他一见渔夫，就兴奋地告诉他：“我罪业已满，明日有替身来，终于可以脱难投生啦！”

渔夫很为他高兴，当晚说到身世，少年

悲喜交集："我原是江对岸柳树坊赵氏独子，溺死在这江里二十二年，也不知父母如何苦痛。如果他们尚在人世，也已年近古稀了吧——今日我为溺水鬼，虽然无能为他们做什么事，内心仍旧记挂他们，明日往生投胎，这一点记忆，也将消逝了去，多么哀伤啊！"

渔夫宽慰他道："此事你无须忧虑。咱俩结交一场，你脱难投生，我必定代你探望他们。"

少年谢过渔夫，起身去驱鱼。他往常只赶一次，这一晚，他连赶三回，直到渔船满载将沉，两人洒泪分别。

第二天，渔人卖鱼归来，正要靠岸，忽然看见两名彪形大汉追赶一位少女，少女跑到江边，无路可逃，"扑通"一声，投江自尽。

渔夫不及多想，急忙驾船过去，伸出竹篙，救起少女。两个大汉凶神恶煞冲到船边："把她交出来！"

少女泪如雨下，双膝跪下："大伯救我！"

原来，这少女父母双亡，被舅父卖到妓院，今日拼了死命，才逃脱出来。

两个大汉冷笑说："除非你出得起二十两银赎她，否则就算她投江死了，也要拖她尸首回去。"

渔夫这两年渔获丰厚，身上刚好有二十两银，就出钱为少女赎了身："你无家可归，我亦无儿无女，以后你留在我家，做我女儿好了。"

少女千恩万谢，跟渔父回家，拜了爹娘。少女勤快懂事，捋起袖子马上沏茶烧饭操持家务，渔父渔婆十分欢喜，一日间，满屋子洋溢着欢声笑语。

晚间渔夫携酒到江边，少年上得渔船，埋怨他道："今日替身已到，你却救起她，这不是坏我的好事吗？"

渔夫说："我对不起你。那会儿见人投江，人命关天，我总不能见死不救。如今我已收她为养女，以后我教她替你尽孝吧！”

渔夫带养女到江对岸，寻到柳树坊赵氏的家。这时赵父过世了，赵母年过七十，孤独一人，生活十分艰难。渔夫只说是远房亲戚，接了赵母回家奉养。

少年虽然不能脱难投胎，得知母亲安好，也十分欢喜。

这样过了半个月，少年又与渔夫道别：“渔父，明日又有替身来，这回不是人命，你可不能再管闲事了。”

“不是人命是什么？”

“城隍爷与我通了声气，明日会有一头猪到这江边饮水，我拖它下去，便可取得替身，去投胎畜生道。”

渔夫沉吟好一会：“你好端端一个人，怎么能去做畜生呢？”

少年落下泪来：“一向不曾与你说得，溺水鬼在这江河里，真是万分苦楚啊！晴天倒也无碍，一下雨，千万点雨滴，就像千万支箭，直愣愣射入身体。到了寒冬，江面结冰，冷入骨髓。这些苦楚我再不想忍受了，能得生天，做个畜生也好。”

“人到底是人，再苦，也不该堕落畜生道。你再忍耐些时，总有机会。”

少年一味喝酒落泪，不回他话。

第二日，果然有头猪到江边饮水，渔夫驾船过去，一桨子把它赶上岸，再一桨子把它远远赶开。

这天夜晚，他久久没有见到少年。

渔夫把整整一葫芦酒倒入江水，又是劝，又是哄，又是讲道理，那少年总不上来。渔夫自个儿撒网打鱼，他在渔船上，一直待到鸡啼，那少年才上来会他。上得船来，笑吟吟一脸喜色：“今夜城隍爷唤了我去，说你一月间连救两命，积了阴德，如今命中该有个儿子。又说你我修得有缘，教我投生你家，做你儿子。”

果然这一年，渔夫老妻怀孕，生下一个儿子。

渔夫有了养女，又晚年得子，只觉人生圆满。他孝养赵氏老母，供奉她安度晚年。待老夫人安详离世，渔夫的儿子渐渐长成。

这儿子聪明能干，成年后当了渔盐商人，经营得家业兴旺，子子孙孙养了一大帮。

（完）

## 后记：

我琢磨这“渔夫水鬼”型故事，也琢磨好多年了，手头故事资料足够多了，好几回尝试讲给人听，只觉得故事已经很完备。

然而眼前好景道不得，崔颢题诗在上头，每想到蒲松龄的《王六郎》，我就失去编写它的勇气。再怎么写，我也写不过《聊斋》一等一的佳作吧？

这段时间整理书箱，翻出佛家的书来读，听从佛家教诲，慢慢放下内心的痴愚执念，只教自己心心念念，回到正念上来。我发现，没有了你我当下的执迷，每一个作品的生成，都会回到它自身，变得自由、舒展。然后我翻开最初的目录，看见它，越过岁月的尘埃，它呼唤我：“书写我，你该书写我了。”

于是，我听从它的召唤，一字一句写下来，便是这个版本。

读一遍，再读一遍，故事实在美好，它述说的是真正有价值的人际交往原则，人与人交往相处，互补互助，

**最后各自圆满，达至双赢——这一点，富有永恒意义。**

本故事参考文本：刘守华《〈王六郎〉和渔夫水鬼型故事》；顾希佳《己所不欲，勿施于人——渔夫和水鬼故事解析》；广东民间故事《落水鬼报恩》何淡英（讲述）、边红英（采录）；广东民间故事《水鬼升城隍》张日带（讲述）、覃志端（采录）；蒲松龄《王六郎》。

## 蟾蜍仔

从前有个妇人，生下一个蟾蜍。

蟾蜍“咕咕”叫，蟾蜍“呱呱”叫，从早到晚，没个停歇。

它父亲听不得那怪声气，恼怒得不行，一把抓起蟾蜍仔，“呼”一声，扔出门外去。

可是呢，父亲前门扔出去，蟾蜍仔从后门跳回来。

父亲又再抓起，“呼”一下，从窗户扔出去。

可是呢，父亲左窗户扔出去，蟾蜍又从右窗户跳回来。

父亲操起棍子打它，一心把它往死里打，它却跳入母亲怀中，寻求那妇人的庇护。那妇人痴愚，虽说儿子是只蟾蜍，只一味痛惜

“吼——吼——吼——”，喷出三丛烈火，

烈火熊熊燃烧，越烧越旺。

自己的亲骨肉，一把眼泪一把血汗地抚育它，教养它。

一年又一年，蟾蜍仔总长不大。但它十分聪明，嘴巴能说会道。去学堂上学呢，念书过目不忘。别人端坐书桌前写文章，它呢，身子小，跳到书桌上，手爪子握毛笔，一行行一列列写下来，挥洒自如。

转眼长到十六岁，同龄叔伯兄弟要上京城赶考，那蟾蜍说："我也要去！"

大伙儿听说这事儿，一个个笑疼了肚子。可是呢，它母亲却郑重其事，比照它的身子，给它缝制合身体面的衣裤鞋袜，还做了一顶帅气的状元帽子。

蟾蜍穿上新装，衣冠楚楚，十分快活。它一路蹦一路跳，一时跳入深山游玩，一时蹦到城市逛街。这么着，它走一路，玩一路，去到了京城。

入得考场，领了考卷，蟾蜍仔文思泉涌，下笔如飞。刚放下笔，交了卷子，听得外面战鼓轰隆。怎么回事呢？原来，西南土匪作乱，贼王拉竿子造反，这会儿领了十万匪兵，打上京城来了。

匪兵蛮横凶猛，官家抵挡不住。眼看江山不保，皇帝急得火烧火燎的，颁布了招贤令：“若有人能退贼匪，封为平寇王，许配天鹅公主。”

蟾蜍仔听得消息，欢喜得心花怒放——因为它梦见过那天鹅公主。

它三蹦两跳，越过皇宫的红墙，来到皇帝面前：“岳丈大人，你不要急，你不要慌，我来帮你退贼王！”

皇帝听到说话声，找半天没找着人，一低头看到个蟾蜍，连连摆手：“那贼王厉害得紧，多少大将军都抵挡不住。你小小一只蟾蜍，莫与我开玩笑。”

“岳丈大人，你莫小看我。”蟾蜍仔雄赳赳说，“给我帅印，我自能退兵。”

一来事急，二来缺人。皇帝没法子，只

好把帅印交给蟾蜍仔。

“隆咚咚！”蟾蜍仔大元帅擂起战鼓，竖起大旗，坐上战车，率领五百精兵，打开城门，去迎战匪兵。

贼王见官家开城，只出来一只小蟾蜍，不由得哈哈大笑，高扬大刀，带领百万大军，浩浩荡荡冲杀过来。

蟾蜍仔大元帅毫不畏惧，它迎上前去，张开大嘴，“吼——吼——吼——”，喷出三丛烈火，烈火熊熊燃烧，越烧越旺，把一百万贼匪烧得丢盔弃甲，掉头逃跑。跑呀跑，跑呀跑，跑了一百里，火势才缓下来。贼王一跺脚，大喊一声：“停！”一百万匪兵七零八落，好不容易停下脚步，就地安营扎寨。

贼王洗干净脸上的火灰，训话道：“那蟾蜍大元帅，其实没啥真本事。它只不过会喷火，咱不怕它！”

贼王打造了一百万件防火铠甲，一百万

匪兵穿上防火战衣，再次发动进攻。

蟾蜍仔大元帅骑着个高头大马，抱着一面小花鼓，正等着呢！

待得百万匪兵冲到跟前，它张大嘴，“吼——吼——吼——”，喷出三股洪水。洪水滔滔不绝，汹涌澎湃，把一百万贼匪冲得哭爹叫娘，冲呀冲，足足冲了一百里，水势才缓下来。贼王抱住路旁一棵柳树，大喊一声：“停！”

一百万匪兵给洪水冲得晕头转向，抱石头的抱石头，抱大树的抱大树，好不容易稳住自己，就地安营扎寨。

贼王抖掉身上的水，训话道：“那蟾蜍仔大元帅，其实没啥真本事。它喷火呢，咱有防火衣；它喷水嘛，咱造万艘战船。待得水涨船高，正好撒网捉它！”

贼王打造了一万艘战船，一百万匪兵上了战船，沿着水路，发动了第三次进攻。

蟾蜍仔大元帅坐在荷叶上，抱着个小琵琶，正等着呢！

待得百万匪兵来到面前，它张大嘴巴，“吼——吼——吼——”，喷出三阵狂风。狂风呼啸，飞沙走石，一万艘战船就像一万只飞鸟，全给吹到天上，足足吹了一百里，风势才缓下来。风一停，贼匪就苦了，那一万艘战船“噼啪噼啪……”纷纷落到地上，摔成了碎片。

贼王摔断了两条腿，一百万匪兵个个摔破了屁股，他们“哎哟哎哟”爬起身，抱着头，像老鼠一样乱蹿，纷纷跑回西南大山，砍柴的砍柴，种地的种地，打鱼的打鱼，再不敢造反了。

蟾蜍退了贼匪，皇帝龙颜大悦，当即宣上殿来，封为平寇王，又赏赐黄金万两，为它建起富丽堂皇的平寇王府。

可是呢，平寇王不快活。每天上朝，它

总要问：“岳丈大人，天鹅公主什么时候嫁我呢？”

皇帝推得过一个月，推不过两个月，最后只好实话实说：“天鹅公主么，是我最钟爱的女儿，人世间最美丽的女子。你呢，却是一只丑巴巴的蟾蜍。这，这，这……这不般配呀！”

平寇王一听，气得肚子圆咕噜鼓起来：“哼！哼！哼！你是皇帝，说话怎么不算数呢？”

皇帝知道厉害，怕它喷火喷水喷风，急忙认错：“你说得对，人而无信，不知其可也！你与天鹅公主，明日便是婚期。”

于是，皇宫举行了盛大的婚礼。天鹅公主花枝招展，入主平寇王府，当上了平寇王妃。

这下好啦，平寇王娶得心上人，它满心欢喜，意气风发，给皇帝提出了不少治国的

良方。皇帝越来越倚重它，越来越亲近它。

过了一段时间，皇帝和皇后想念女儿，找了个借口，派平寇王外出寻宝。然后他们穿上微服，到平寇王府看望女儿。

好奇怪呀，天鹅公主并没有像他们想象的那样憔悴凄凉，反而比从前更光鲜漂亮。

“天鹅，你是高贵的公主，却嫁给一只丑蟾蜍，委屈你了。”

“不，我感谢命运的安排。”天鹅公主羞答答说，“白日里，平寇王是蟾蜍，但他吃过晚饭，点起灯，脱下蟾蜍衣，就会变成世间第一的美男子。”

“真有这种事？我倒想见识见识。”皇帝很好奇。

“这是秘密，附马不肯让外人看哩！”

“我是他岳丈，不是外人。”

“好吧，等附马回家，你躲帘子里，偷偷瞧瞧去。”

没多久，平寇王寻宝归来。它与天鹅公主亲亲热热吃过晚饭，公主亲手点亮灯烛，平寇王脱下蟾蜍衣，果然变成玉树临风的美男子，风度翩翩，天下无双。

皇帝躲在珍珠帘后面，看傻了眼。

等到夜深，平寇王与天鹅公主睡熟了，皇帝拿起那件蟾蜍衣，越看越觉得有意思。

“这衣服真是精致有趣——若是我穿上它，再脱下来，也会变成平寇王那样的美男子吧？”

于是皇帝脱下龙袍，身子一抖，穿上那件蟾蜍衣。

那衣裳果真厉害，皇帝一穿上身，马上变成一只小蟾蜍。

它“咕咕”叫，它“呱呱”叫，它往左跳，它往右跳。它想怎么叫就怎么叫，它想怎么跳就怎么跳，它又快活，又自由。它就那样子跳了一夜。可是呢，天一亮，那衣裳再脱不下来啦！

就这样，皇帝变成蟾蜍，不知跳哪去了。

第二天清早，平寇王起床，他没能找着他的蟾蜍衣，却看到一件龙袍。于是他穿上龙袍，当上了皇帝。

（完）

## 后记：

多年以前，我整理流传于北方的《蛤蟆孩儿》，蛤蟆孩子一哭一笑蹦蹦跳，威力巨大，虽然那行径接近于耍赖，但是里头天人合一的力量，使我深感震撼。我以为那是极中国化的象征意象，就像孟姜女哭长城，就像六月飞霜，又像孝感动天。我觉得很有必要在民间故事中，留下这些意象。

这回我终于见着南方的蟾蜍仔故事了——在东莞乡间，它被叫作“丑禽渠”，还有更土的叫法，叫“禽屎”。小时候，村里有个说法：“吾好睇小渠，蟾屎系皇帝变咯。”意思是说，莫要小看那只小蟾蜍，它是皇帝变的。张清水先生于1929年从广东翁源搜集采录《蟾蜍的故事》，文后附着同样的说法：“‘擒著婆是皇帝变的’底话，人尽能道。”

南方的蟾蜍仔故事，着力刻画它丑陋外皮下的内秀。它文韬武略，不仅能说会道，读书过目不忘，写得一手好文章，还有勇挡百万贼匪的魅力和威力。它的力量来自何处？喷火喷水喷风，势不可当——从这点看，它与红孩儿近似，是天地间一赤子。

本故事参考文本：广东翁源民间故事《蟾蜍的故事》张清水（搜集采录）；广东连南瑶族民间故事《甘基王》盘亚明（讲述），陈上源、盘元明（采录）；广东三水民间故事《禽渠仔》廖雪（讲述）、剑岳（采录）；广东东莞民间故事《禽屎仔当皇帝》。

# 陈仰忠

东莞人陈仰忠，生性好赌，嗜爱喝酒。常言道十赌九输，他输光家产，输掉了老婆，独自跑到广州街头，抬轿子度日。

每日出力出汗，挣得几个辛苦钱，也总在小赌馆输光输净。

这夜月上柳梢头，陈仰忠醉醺醺从赌馆出来。他衣袋空无一钱，只留得一只“九万”（麻将牌名）。

走到个破落街角，遇见一身酒气的财神爷。那财神爷手里拿一副赌牌，唤住陈仰忠：“来，赌一把！”

正好街边有张石桌子，两人坐下，陈仰忠摸出“九万”，“啪”一声按桌上：“我押九万两。”

那财神爷发下赌牌，翻开一看，却是陈仰忠赢。

“给钱！”

财神爷冒出一头冷汗：“我天地财神，欠你九万，绝不少一两。”

那家伙掏不出钱来，不敢久留，举袖遮面，拍拍屁股，走了。

陈仰忠酒意沉沉，也没在意，只当做了一场梦，仍旧每日抬轿、喝酒、赌钱。

却说金山寺有位高僧了恩大和尚，每日虔诚供佛，只可惜庙宇残破，一场狂风暴雨，大雄宝殿塌了下来，从此寺庙再无香火。

了恩大和尚不忍遣散僧众，马死落地行，他亲自领一院和尚开荒种地。没想到，几锄头下去，竟给他锄出一库金砖来。拾起来一看，每块金砖都刻着“陈仰忠”三个字。

“阿弥陀佛——天无绝人之路，金山寺

几锄头下去，竟给他锄出一库金砖来。

可以重修起来了。”

当晚，了恩大和尚梦见佛爷对他说：“你是出家人，不做盗窃事，这金砖动不得。你去找轿夫陈仰忠，求他捐一座大雄宝殿吧！”

于是了恩掩埋了金砖，怀揣一本香油簿，手握一个破钵头，下山寻找陈仰忠。

人海茫茫，到哪里找呢？

俗话说，“踏破铁鞋无觅处，得来全不费工夫”。这日，了恩大和尚来到广州市井，走到一家小赌馆门口，听里面的人说：“陈仰忠，你又输光了！”

了恩和尚急忙入屋，双掌合十：“陈仰忠施主，求你大发慈悲，捐赠我金山寺一座大雄宝殿，重塑佛祖金身。”

大伙儿笑得前仰后合：“抬轿佬输得只剩底裤啦，他穷得露出骨头，捐啥给你！”

那陈仰忠虽则穷困潦倒，但也风流旷达：“哈哈哈，好！好！不过一座佛殿，我捐！”

他接过香油簿，大笔一挥：“东莞人陈

仰忠，认捐金山寺大雄宝殿一座。”

了恩和尚千恩万谢，又是念佛，又是施礼，喜滋滋回金山寺去了。

得了金主陈仰忠应允，高僧了恩启用那批金砖，修建起宏伟的大雄宝殿，给佛爷重塑了金身。俗话说“人赖衣妆，佛靠金镶”，金山寺的香火又再兴旺起来。

不过呢，建起一座佛殿，只花费了六万两黄金，剩余的三万两，如何处置呢？

了恩和尚感激陈仰忠慷慨捐赠，向山脚下农家定做了十八根竹扁担，十八对箩筐。然后他派十八位僧人，挑起十八担金砖，穿街过巷到广州，找到陈仰忠，把三万两金砖送还给他。

面对天降横财，陈仰忠喜出望外，他想起与财神的相遇，就把那一整条街买了下来，重新建筑，取名为“仰忠街”。他在街面开了一家小赌馆，娶妻生子，快快活活度过了下半辈子。

（完）

## 后记：

很小很小那会儿，我祖父给我讲过这故事。年纪太小，年代又太久远，我偶尔追忆，只能记起金砖上刻有名字这事儿。这回，得刘万章的《广州民间故事》，书中竟收有“仰忠街”故事的两个文本！

我读着，惊喜莫名。是根须突然伸入大地深处的那种感觉——源源不断的力量，突然贯注入身体里的感觉。它让我重新回到童年——乃至，童年以前。

是的，我重新回到那个混沌不觉的小女孩身上。什么都不知道，什么都不想，只全神贯注，浸润在故事里。她的心，像一颗果子，一颗种子，长着根芽，完完全全，是活的，生长着。

本故事参考文本：广州民间故事《仰忠街故事》金畹芬（搜集采录）；广州民间故事《仰忠街故事》英雄（搜集采录）；广州民间故事《仰忠街》百度百科。

# 靓妹和疤妹

从前有位员外，娶了两房妻子。大娘生了个姑娘，好眉好眼好脸蛋，唤作“靓妹”。二娘也生了个姑娘，天生一脸疤子，唤作“疤妹”。

没过几年，大娘死了，埋在山岗上。二娘只疼爱亲女，对靓妹不是打，就是骂。靓妹跑上山岗哭：“亲娘呀，亲娘……”

哭呀哭，唤呀唤，唤出来一头小黄牛。靓妹带回家，养在花园里，每日形影不离。

一日，二娘带疤妹去看戏，叫靓妹在家守门。靓妹求二娘也带她去。二娘说：“屋里有一箩乱麻，你把它理顺了，明天带你去。”

靓妹抱了箩筐，坐到后花园梅花树下。

乱麻越理越乱，她抽抽搭搭地哭起来。

小黄牛对她说：“靓妹不要哭，我帮你。”它一口一口把乱麻吞下肚，然后一条一条吐出来，理得平顺整齐。

疤妹看戏回家，看麻丝油光滑溜，觉得奇怪：“阿姐怎么理得这样好？”

靓妹说：“小黄牛把乱麻吞入肚，把好丝吐出来。”

疤妹听着眼红：“明天叫它帮我忙。”

第二日，疤妹抱一箩筐乱麻到花园，把乱麻放在地上，抽了小黄牛两鞭子，把它赶过来：“你把乱麻吞入肚，把好丝吐出来。”

小黄牛一口一口吞了乱麻入肚，然后转身，把屁股对准疤妹，“哗啦”一声，拉了她一身牛屎。

疤妹心里怀恨，跺脚赌咒：“看你张狂，我叫我娘宰了你！”

二娘安慰疤妹：“我一定解你的恨，那

只一瞬间，靓妹活过来了，又变成了原来那个光鲜靓丽的好姑娘。

牛初一不宰，十五就宰。”

靓妹得知消息，跑去告诉小黄牛：“小黄牛，小黄牛，你快逃走吧！二娘要宰你哩——初一不宰，十五就宰。”

牛说：“随她去吧，傻姑娘。人家食肉，你就拾骨。拾了骨头，装入陶缸，埋到梅花树下。以后你要嫁人，再挖出来，我给你嫁妆。”

到了十五，二娘果然宰杀黄牛，煮来吃了。靓妹哭哭啼啼，拾起牛骨头，装入一个陶缸，埋到梅花树下。

一天又一天，一年又一年。打了骂，骂了打，不知不觉，靓妹长成个如花似玉的大姑娘。二娘又带疤妹去看戏，这一回，明说是看戏，其实是去相亲。

靓妹自个儿在家扫地洗尘，越想越伤心。她想起小黄牛的话，就去到梅花树下，挖起陶缸。没等她打开封盖，“砰”一声，陶缸破开，走出来一匹马，马背驮着一个大包袱，里面有一套新衣裳，一对绣花鞋。

靓妹脱下旧衫子，穿上新衣裳，不长不短刚刚好。靓妹脱下旧草鞋，穿上新花鞋，不大不小正合适。

靓妹装扮一番，骑上马，出了门，朝戏院跑去。没想到，她去到戏院大街，掉落了一只绣花鞋。

迎面走来个卖鱼佬，靓妹唤他：“卖鱼的大哥，求你帮我拾个花鞋。我在马上，弯不下身哩。”

卖鱼佬看她一眼，笑啦：“我给你拾花鞋，你嫁我么？”

靓妹啐一口道：“卖鱼佬腥哼哼，不嫁！”

卖鱼佬失望了，转头，走啦。

迎面走来个猪肉佬，靓妹唤他：“卖猪肉的大哥，求你帮我拾个花鞋。我在马上，弯不下身哩。”

猪肉佬看她一眼，笑啦："我给你拾花鞋，你嫁我么？"

靓妹啐一口道："猪肉佬肥腾腾，不嫁！"

猪肉佬失望了，掉转头，走啦。

迎面来了个秀才郎，眉清目秀，文质彬彬，靓妹唤他："秀才大哥，求你帮我拾个花鞋。我在马上，弯不下身哩。"

秀才看她靓丽，微微笑道："我给你拾绣花鞋，你做我娘子，好么？"

靓妹羞羞答答不回话，脸红红像朵芍药花。她点点头，同意了。

秀才拾起地上的绣花鞋，给靓妹穿上。然后他牵起马，带靓妹回家，娶了她作秀才娘子。

结婚第三天，新郎哥和新娘子回门。靓妹带了鸡鸭烤羊，带了布帛金银，去拜访二娘。这下子二娘笑得欢，眉开眼笑迎了靓妹进门。

又夸靓妹福气好，又赞秀才人品高，好话从早说到晚，定要留靓妹住娘家。

靓妹看二娘热心热肠，完全相信了她，就让秀才郎先回家，自己在娘家住下。

安安稳稳住了一宿，第二天清晨，疤妹笑盈盈拉她到井边：“井里有条金鱼，好看着哩！”

靓妹探头向水井望，疤妹往她后背一推。“扑通”一声，靓妹落入水井。疤妹怕她不死，又搬起大石，丢下井里。石头落水，井里飞出一只金麻雀。

靓妹三天不回家，秀才差人来问。二娘说：“她出天花哩，不敢出门让风吹。”

靓妹十天不回家，秀才又差人来问。二娘说：“她发烧哩，不敢让太阳晒着她。”

过了半月不回家，秀才亲自打了一顶轿子，来接娘子。二娘往疤妹脸上打一层厚粉，涂上胭脂，塞入轿子，叫轿夫抬回秀才家。

吃过饭，洗过脸，疤妹露出一脸疤。秀才大吃一惊："你是我的靓妹么？怎么变得这样丑？"

"啊哇哇！我害了天花，脸上长了疤，你就不认我了啊！我死了吧！我死了吧！"

疤妹又是哭泣，又是撒娇。

秀才没办法，只得相信了。

可是呢，每日清晨，疤妹起床梳头，就有一只金麻雀飞上窗格子，大声唱：

疤妹害靓妹，
靓妹一勺泪，
秀才郎给人蒙鼓里！

开始时秀才没在意，时间一长，他生了疑。他站到窗前，对那金麻雀说："你是靓妹么？你不是我的靓妹你飞去大树林，你是我的靓妹你飞来我手掌心。"

金麻雀一拍翅膀，飞上秀才手掌心。

于是秀才亲手编成个灵巧的鸟笼子，把金麻雀养起来了。

疤妹心里怀恨，撒起泼来，她抓住金麻雀，奋力撕成两半，扔到后花园。

冬去春来，那丢雀儿的地方，长出一株青竹树，竹树下冒出来一大片竹笋。

秀才吃竹笋，只觉美味无比。疤妹吃竹笋，生出来一嘴恶疮。

疤妹心里怀恨，撒起泼来，她拿个柴刀，死力砍断青竹树，丢到屋檐下。

春去夏来，秀才发现屋檐下有一张青竹床。他把青竹床搬上露台，躺上去纳凉。竹床又舒服，又凉爽。

等秀才起身，疤妹躺上去，竹床长出一身竹刺，刺得她鲜血淋漓。

疤妹心里怀恨，撒起泼来，她抡起大铁锤，狠命砸那竹床。竹床散了架。她拖出门去，扔到垃圾堆。

隔壁住着个卖荷包的老婆婆，她看见那个烂竹床，心想：“丢了可惜，做柴蛮好。”

她把烂竹床拖回家，在炉灶前放着。

第二天早上，老婆婆起床煮早饭，却发现早饭已经煮好，热腾腾放在灶头。到了中午，老婆婆回到家，午饭也煮好了，香喷喷放在灶头。到了傍晚，老婆婆回到家，晚饭又煮好了，美滋滋放在灶头。

一天这样，两天这样，三天还是这样。第四天，老婆婆天没亮就起了床，她静静走到厨房，看见灶面前有个金色透明的影子，正在水缸边淘米。

老婆婆从背后抱住影子，问它：“你是谁呀？”

“我是靓妹，原本是隔壁秀才郎的娘子。疤妹害了我的身体，代替了我的地位，但我灵魂还活着。只要拿椰子壳给我做头，筷子给我做骨，洗碗布给我做肚肠，我就能复原。”

老婆婆拿来一个椰子壳，给靓妹做头；拿来一把筷子，给靓妹做骨；拿来一块洗碗布，给靓妹做肚肠。只一瞬间，靓妹活过来了，又变成了原来那个光鲜靓丽的好姑娘。

老婆婆追问她的身世，靓妹把前因后果一五一十给她讲了。

老婆婆听完说："不怕，我帮你。"

于是靓妹缝了一个荷包，往荷包面绣了一对鸳鸯，叫老婆婆到秀才门口叫卖。

"卖荷包！卖荷包！"老婆婆从早叫到晚。

秀才听得不耐烦，出门来看："你卖的荷包，有手工好的么？"

老婆婆打开大袋子，叫秀才自己挑选。秀才一眼认出靓妹绣的鸳鸯，不由得又惊又喜："绣这个荷包的人在哪里？她是我娘子。"

"远在天边，近在眼前。她在我屋里。"

秀才拿一条长长的红毯子，铺在地上，

接了靓妹回家。

疤妹心里怀恨，撒起泼来，她跳着脚，指着靓妹的鼻子尖骂："你是假冒的！你是假冒的！你这妖怪！"

靓妹不甘示弱："真金不怕红炉火。咱俩比一比，看谁真，看谁假。"

秀才摆了一地鸡蛋，靓妹踩上去，鸡蛋完好无损；疤妹踩上去，鸡蛋全破了。

秀才架起一座刀梯，靓妹爬上去，半点伤痕没有；疤妹爬上去，全身上下割得皮开肉绽。

秀才烧滚一锅油，靓妹跳进去，清清凉凉洗干净手脚；疤妹跳进去，当场烫死了，骨肉炸得散了架。

靓妹取来一个食盒，骨头放底下，肉放表面，盖好盖子，叫来一个掉光牙齿的老头子，叫他拿去送给二娘。

老头子对二娘说："这是你女肉。"

老头子说话漏风，二娘错听成"鲤鱼肉"。

就打开食盒，大口大口吃起来。吃到底下，见着骨头，骨头上还缠着疤妹的银手链和金项链。

“亲女啊！亲女啊！”二娘失声痛哭，她越哭越伤心，终于哭死了。

（完）

## 后记：

赵景深在《广州民间故事》序言中写道："《牛奶娘》和《疤妹和靓妹》，使我非常高兴；原来广州蛇郎不但把'天鹅处女'拉在一起，还与'灰娘'结了姻缘。也就是说，这两篇故事的任何一篇都是三篇故事的结合体，公式应该是这样的：牛奶娘＝灰娘＋蛇郎＋天鹅处女。"

一路成长，我与这个故事支离的碎片相遇过，祖父讲过靓妹与秀才郎的相遇——卖鱼郎腥哼哼，吾嫁！猪肉佬肥腾腾，吾嫁！

在东莞师范念书时，我同学给讲过"鲤鱼肉"的那一段，她大约是桥头镇的吧？桥头话中，"你女肉"与"鲤鱼肉"发音确实十分近似。

多年之后的今天，我终于得见它完整的版本，由此知悉它在广东的流传程度。虽已写《叶限》，写了《变成母牛的妈妈》，写了《蛇郎》，写了《泽玛姬》——我决定不回避相类似的情节，就让它完整呈现，以此纪念它曾经广泛的流传，以及它与我的缘。

本故事参考文本：广州民间故事《牛奶娘》刘万章（采录）；广州民间故事《疤妹与靓妹》姚传铿（采录）；广州民间故事《花蛇的故事》叶恭伟（采录）；赵景深《广州民间故事》之《赵序》。

# 牛偷禾

古时候，所有动物都会说人话。

后来，有些动物不知天高地厚，泄露了天机。玉皇大帝生了气，就降下一道圣旨，不许动物说话。

但是呢，螃蟹装聋作哑，躲在圆滚滚的蟹壳里（那会儿，螃蟹是圆的），完全不理会玉皇大帝的禁令。

话说有一回，牛在水稻田偷禾吃。

螃蟹看见了，就大声喊："牛偷禾！"

牛想要它别叫，但是牛已经不会说话啦，只得用牛眼睛瞪它，"哞哞"叫着警告它。

可是呢，螃蟹非但不理会，还叫得更起劲："牛偷禾！牛偷禾！"

“啪”一声，可怜圆滚滚的螃蟹，当场给踩扁了！

牛愤恨不过，举起牛蹄子，向着那螃蟹，狠命一踏。“啪”一声，可怜圆滚滚的螃蟹，当场给踩扁了！

因为这事儿，直到现在，螃蟹背上仍留着一个牛蹄印。

螃蟹挨了这一脚，知道祸从口出，从此，再也不敢说话了。

（完）

## 后记：

这典故，从前在芦村，是人人都知道的。并不是很久以前呀，就在我小时候，芦村有水稻田，有牛，小蟛蜞数不胜数。

而现在，芦村的小孩，他们非但听不到这些故事——就连水稻田、牛、小蟛蜞，也见不着了。

我内心深处，那深重的、无从言说的乡愁，难道仅仅只有我一个人在悲怆地体验着吗？难道你们都觉得，这些事儿一丁点儿都不重要吗？难道我们的白话，我们的故事，属于这片土地的文化的根基，就这样被经济大潮席卷而去，也没有别的人，会有一丁点儿的心痛吗？

本故事参考文本：广州民间故事《蟹的故事》大可（搜集记录）；
广东湛江民间故事《牛和蟛蜞》炮奶奶（讲述）、梁振宇（采录）；
广东电白民间故事《牛踩蟹背》。

## 熊人公背媳妇

十二个女子，要过一条河。河上没有桥，也没有渡船。

来了一只熊人公，对她们说："别着急，别发愁。我背你们过河去。"

十二个女子，不答应："不要，不要。你要背了去做媳妇的，谁不知道？"

"我绝不是那种人。"熊人公，又是摇头，又是摆手，"如果不相信，就给一个最丑的我背吧！"

十二个女子，推选出最丑的一个，丑眉丑眼丑脸蛋，要熊人公背过河。

熊人公唱着歌，一步接一步，背了她过河。

"瞧我多安分！瞧我多规矩！"熊人公手舞足蹈，夸耀它自己。

它背呀背，背呀背，背回山洞去，做自己的媳妇。

十二个女子，相信了。

熊人公一个接一个，背了十一个女子过河。

最后背的一个，是最美丽的一个。

熊人公背在背上，舍不得放下。它背呀背，背呀背，背回山洞去，做自己的媳妇。

（完）

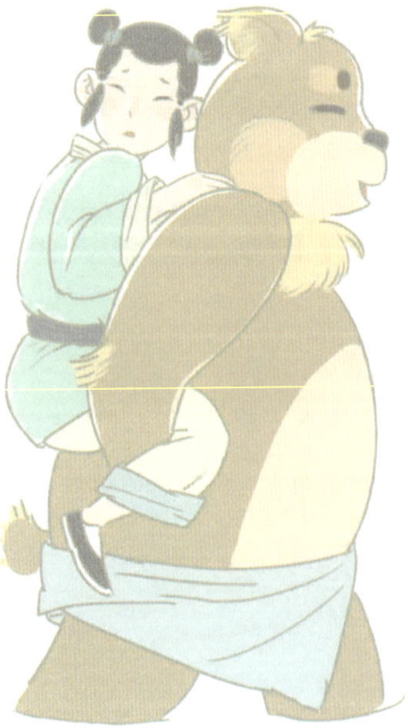

# 后记：

我读钟敬文，总想找孙佳讯，总想找刘万章。找呀找，找呀找，踏破铁鞋无处找。2016 年 10 月，涂涂兄自远方来，我带他爬山涉水，说到我最想要的，是民国时期民俗学学者做的民间故事集，我想读刘万章，我想读孙佳讯，我还想读林兰女士的书。

涂涂兄有点像恩德的毛毛。那天我坐在他跟前，说呀说，说呀说，好几年了，从来没有说过这么许多话。大抵那家伙有种罕见的本事，他会让你误以为，他什么都懂得。

别的不知道，涂涂确乎懂得书——十一月到来之前，我收到《典藏民俗学丛书》上中下三册。不单有刘万章，还有叶德均，还有容肇祖，还有张清水，还有吴藻汀，还有王鞠侯，还有钟敬文《楚辞中的神话与传说》。你说，天降财宝能有如此欣悦么？

先读刘万章，刘万章写故事的语言棒极了，简洁跳脱，独树一帜。《熊人公》极短，故事后面部分与《猴娃娘》相像，又与《猪哥精》犯了冲。所以我弃其尾，独取前头背媳妇一节，稍稍敷衍，写成这篇故事。

本故事参考文本：广州民间故事《熊人公》 刘万章（采录）。

# “画神仙”李子长

从前有个“画神仙”，名叫李子长，他画鱼能游水，画花有芬芳，画个月亮明晃晃，画群母鸡下蛋忙……

他为什么这么厉害呢？这有个故事。

话说李子长原本是个穷画师。一天，他到溪头摘野菜，走累了，靠坐在草垛旁歇息，不知不觉睡着了。睡梦中，他听见几个女子呜呜咽咽直啼哭，就问她们：“你们是什么人？为什么哭得这样伤心？”

“我们是蛤家姊妹，今日结伴出来玩耍，没想到，一不小心，给捕鱼的张伯撒网捉了去。李先生，求求你，救救我们吧！”

李子长心中疑惑，正想追问，一转身，那几个女子却消失不见了。他“呀”地叫唤一声，站起身，原来是南柯一梦。

李子长野菜不摘了，径直去找捕鱼的张伯，果然张伯守着一篓子青蛙，正在叫卖。李子长买下那篓青蛙，拿到野外池塘，放生了。

过了几天，来了一个青衣老人，送给李子长一条金鲤鱼。李子长看金鲤鱼漂亮，舍不得吃，放水缸养了几天，到底菜篮子没菜不行，还是把那条鱼宰来吃了。剖开鱼腹，得到一颗鸽子蛋大小的明珠，于是他取了出来，放在刚画好的《猫轴》上。那天夜里，李子长听到屋里蹦蹦跳跳，有猫捉老鼠的声音。家里向来老鼠多，他也没在意。没想到，第二天一觉醒来，铺在书桌上的《猫轴》成了一张白纸——猫不见了！李子长环视屋子，见墙角伏着一只花猫，模样极像他画的那一只。走过去细看，那花猫耸耸身子，朝他叫了一声“喵”。

李子长看着画纸上的明珠，知道它是宝

走过去细看，那花猫耸耸身子，朝他叫了一声“喵”。

物。于是他把明珠收起，画了一幅《美人轴》。他细细描画，直到画里的美人完全符合他心中的妻子模样。画好之后，他焚香沐浴，吹熄灯火，取出明珠，放在画轴上。

睡到半夜，忽然满屋光明，睁眼一看，原来画上的美人活了过来，她点亮红烛，正笑吟吟坐在床边，看着他。

李子长只喜得心花怒放，他起了身，肃整衣冠，郑重地对那位美人说："我是个穷画师，因为仰慕你所以把你描画出来，不知道你是否愿意做我的妻子。"

美人低下头，一脸娇羞："我本来就是要和你结婚的。"

于是两人结为夫妇。那美人果然是个理想的媳妇，她白天操持家务，入夜掌灯织锦。不久，那媳妇怀孕，生下一个女儿。

女儿摆满月酒那天，一顶大轿子抬来了一位不速之客，下轿一看，却是潮州知府林

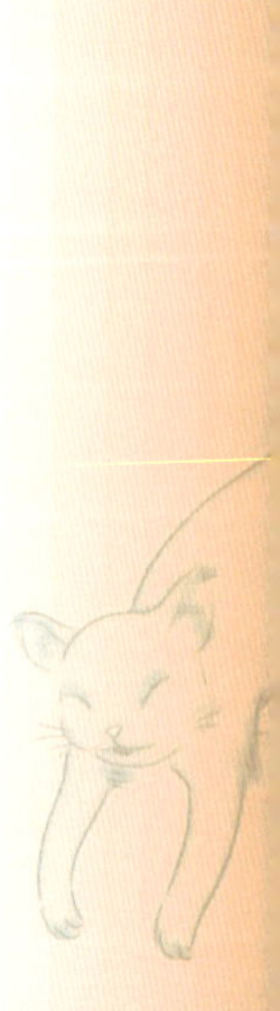

鉴成。这位林知府向来贪得无厌，最爱欺压百姓，搜集民间珍宝。他走到李子长面前，奸笑着说：“李画师，听说你有一颗明珠，能让画上的美人走下地来，可否拿出来让我鉴赏鉴赏？”

李子长见他带着武士，来势汹汹，不敢与他对抗，只得请那林知府入屋，取出明珠给他看。林鉴成见那明珠硕大生辉，一把抢过，放入衣兜，站起身嘿嘿一笑：“多谢李画师献宝，告辞了！”

李子长急中生智，忙说：“这颗明珠有一处瑕疵，容我为林大人指出。”

林鉴成听说宝珠有瑕疵，就掏出给李子长。李子长接过明珠，往嘴里一塞，“咕嘟”一声，吞进肚子去了。

“大胆李子长，你，你竟敢强吞我的宝珠……”那林鉴成想要捉住李子长，开膛破肚取出宝珠，转念一想，自己即将卸任，没必要为这事触犯律法。

于是他强忍怒火，命令李子长作画："今日你女儿满月，我饶你死罪，只罚你为本府画一幅蛟龙。如果画得不好，我砍下你这双手！"

李子长吞了宝珠，只感觉如有神助，他怀着满腔怒火，铺开纸笔，泼墨挥毫，不一会儿，画成一条腾飞的蛟龙。那林知府见蛟龙画得有威有势，虎虎有生气，也十分满意，他收起画轴，上了大轿，呼呼喝喝，回府去了。

没多久，那林知府卸任，他把搜刮得来的金银宝物搬上大船，走水道回乡。

大船驶离韩江，大海碧波万顷，林知府心旷神怡，他坐在船头，展开李子长那幅《蛟轴》，船舷拍水，溅起几点浪花，落到蛟龙身上。那蛟龙眨了眨眼睛，突然昂首长吟，从画纸上飞起，腾空一跃，然后潜入深海。

霎时间，海面掀起巨浪，那林知府连人带船沉入了海底。

（完）

## 后记：

李子长的故事在广州、潮州、顺德、南海等地流传，版本众多。民间故事家编织的神奇故事富有人情味，旨在赞美他的画艺高超，有的说他没钱为女儿办嫁妆，于是埋头画了几个月，到了女儿出嫁的日子，画纸上的衣裳与首饰件件成真。又有说他怜惜女儿晒谷辛苦，为她画成一幅《太阳图》，往场边一挂，哪怕别处狂风暴雨，女儿看守的晒谷场独有一片晴空。看来李子长先生不仅擅长丹青，还是一位疼爱女儿的父亲。

加上这个故事，“人吞宝珠”型已有三则。《小乌龙》中的孩子吞了龙珠，喝了墨水，变身成乌龙；《渔人遇仙》里的张邋遢吞了铁拐李给的活鱼珠，成为活神仙；李子长吞食蛤姑送来的明珠，成为丹青妙手……这些故事仿佛同一主题的交响曲，然而有不同的变奏。

本故事参考文本：汕尾民间故事《李子长》钟敬文（搜集整理）；广州民间故事《李子长救蛤得明珠》；连环画《活画李子长》；以及其他相关故事。

# 老隆婆

黑夜里有个老隆婆，她穿着漆黑漆黑的衣裳，张大漆黑漆黑的眼，在漆黑漆黑的路上行走。

老隆婆有时走得慢，有时跑得快，她的动作像老虎一样敏捷，她的牙齿像狼牙一样锋利。

老隆婆竖起耳朵，她听到哪一家有小孩子哭，就去敲哪一家的门。

“砰砰！砰砰砰！”老隆婆，来敲门了！

老隆婆敲门的那间屋子，这天夜晚就只有两个小孩在家，一个是小姐姐，一个是小弟弟。他们的爸爸妈妈出门探望亲戚，家里没有大人，所以小弟弟哭个不停。

小弟弟在门背后一看，“咯咯咯”笑了起来。

于是小姐姐拉开门闩，让老隆婆进屋来。

小姐姐听到敲门声，走到门背后，透过门缝向外看，问："你是谁呀？"

老隆婆说："我是你姐婆（姐婆，在东涌话里，就是外婆）呀！"

"你不是我姐婆，我姐婆没有你高哩，我姐婆驼背。"

于是老隆婆弯起腰，拱起背，转过身，背朝着门缝："我真是你姐婆，你看，我的背驼得像七娘山哩。"

小弟弟在门背后一看，"咯咯咯"笑了起来。于是小姐姐拉开门闩，让老隆婆进屋来。

老隆婆看看饭桌，饭桌上什么也没有。老隆婆看看门背后，门背后站着个小弟弟。小弟弟胖乎乎、软乎乎的，老隆婆一见到，马上眉开眼笑，她一手抱起小弟弟："阿弟好，阿弟乖，阿弟天黑不要四处跑，姐婆今晚与你睡。"

老隆婆从口袋摸出茶果，又摸出糖块，给小弟弟吃："阿弟好，阿弟乖，阿弟多吃果，阿弟多吃糖，阿弟长肥了好睡觉。”

小弟弟吃得香香的，小肚子饱得鼓起来。小姐姐站在一旁看着，一味流口水。老隆婆什么都不给小姐姐吃，还瞪她一眼，然后张嘴吹灭油灯，抱了小弟弟，上床睡觉了。

小姐姐怕黑，她摸索着爬上床，睡在老隆婆脚边。

睡到半夜，小姐姐听到“咯吱，咯吱”咀嚼的声音，她问：“姐婆，你吃什么呀？”

“我吃黄豆。”

“姐婆，我肚子饿，我也要吃黄豆。”

“小馋虫，你吃！”老隆婆给她递过来一节豆荚。小姐姐一摸，软乎乎、黏糊糊的，哪里是黄豆？原来是小弟弟的小手指，上头还有指甲哩！小姐姐吓得不敢出声。这会儿，她知道这个姐婆是个老隆婆。

小姐姐说：“姐婆，我要去屙屎。”

老隆婆说：“你去床底下屙。”

小姐姐说："我不敢去，床底下有床神。"

老隆婆说："你去门背后屙啊。"

小姐姐还是说："我不敢去，门背后有门神。"

老隆婆很生气："真是懒人屎尿多！你出门去茅坑屙。"

小姐姐从床脚摸下床，轻悄悄走去厨房，左手拿一个铜船，右手握一根木棍。她拉开门闩，走到门外面。然后她关上门，把老隆婆锁在屋里。她走到街上，大力打响那个铜船，扯开喉咙大喊："捉老隆婆啊！老隆婆在我家——嗒咚锵，钩鼻头！捉老隆婆啊！老隆婆在我家——嗒咚锵，钩头头。"

全村人一听，个个打开门，跑到街上，大人小孩，个个举着棍，拿锄头，拿铁钩钩，要捉老隆婆。

但是，老隆婆是很难捉住的。她听到打铜船的声音，钻进灶膛，从烟囱逃跑了。

隔篱邻舍们见小姐姐一边敲铜船，一边哭，安慰她："幸亏你没有吃小弟弟的手指头，要不然以后你长大了，也会变成个老隆婆。"

不安慰还好，这一安慰，小姐姐哭得更厉害了。

话说老隆婆很难被捉住，在漆黑的夜晚，只有大伙儿一起上，把她按在地上，用铁钩子钩住她的鼻孔，挂到树上，才能制服她。

不过，如果在白天，就没有那么可怕。

有一天，大白天里，有个老隆婆在水稻田的水渠洗头。她的头发打开来，好长好长，一直从水渠头拖到水渠尾，就像一群长水蛇。有个耕田佬扛锄头走过来，觉得她怪异不寻常，就走到她身旁，问她说："老阿婆，你从哪里来？"

老隆婆回答他："我从我孙子那里来。"

"你孙子是哪个呀？"

"不知道呀，孙子吃掉了。"

这时，太阳照到老隆婆的长头发上，那

长头发，一会儿变成红色，一会儿变成绿色。耕田佬马上知道了，面前这个就是老隆婆！他高举锄头，一锄头朝她脑袋打下去，老隆婆给锄头打破头，流出黑色的血，变成好多好多牛蜞（牛蜞即是大蚂蟥）。

就是这个缘故，直到现在，水田里还到处是蚂蟥。

（完）

## 后记：可怕的老隆婆

昨天晚上，天黑了，淘气包还要往门外跑，我妈吓唬他说：快回来，老隆婆来啦！

淘气包五岁多，不怕了——话说他小时候怕老鼠，怕老隆婆，怕大袋佬和大袋婆——现在他不怕啦：“门口没有老隆婆，有大船公。”

大船公就是大船，正从东江经过。大船公很好看，有三盏火，他不肯回来。

我只好跑出去，牵他的小手，带他回来。

事实上，我小时候，有一段时间相当怕这老隆婆。我一直怕到十来岁，每每吹灭灯火，总想着屋外的老隆婆。我一直在想，如果她靠近，该如何说话，如何周旋。

我现在写下的这老隆婆故事，都是我母亲讲的——这些故事在她娘家流传，人人都会讲，她娘家在遥远的深圳大鹏湾，深山的最深处。要沿着山路，翻山越岭，走呀走，走到尽头，一直走到大海边。那是南澳镇东涌乡的店仔村。

注：文中的“铜船”是乡下说法，指一种做茶果的大铜盆。本文约写于2010年11月，于芦村。

# 渡水乳儿

惠州西湖有一道“苏堤”，传说是苏东坡筑造的。关于这道堤，有一个哀伤的传说。

话说宋朝的时候，大学士苏东坡因为生性耿直，得罪了权贵，被贬谪到广东惠州。与繁华的京城相比，当时的惠州乃是荒蛮之地。那苏学士穷途落魄，身边门客、姬妾纷纷辞去，另谋出路，唯有小妾王朝云伴他同来。

惠州湖山秀美，四季鲜花开放，更有佳果飘香。苏学士与朝云携手同游，沉醉在西湖的美景里。苏学士吟诗作赋，写下“日啖荔枝三百颗，不辞长作岭南人”的诗句，有过十分快乐的时光。

可惜好景不长，第二年，朝云为苏学士生下一个孩子，她自己却因为难产，死去了。

苏学士把爱妾葬在西湖对岸小孤山上的栖禅寺旁边，从此他独自带着婴孩，过着悲苦的生活。

可是很奇怪，那个小婴孩虽然失去了母亲，夜晚却从不啼哭，他脸色红润，日渐长健壮了。

一天半夜，苏学士从睡梦中醒来，发现朝云坐在床前，正给幼儿哺乳。于是他问她："朝云，为什么你的衣裙是湿漉漉的呢？"

朝云说："我从栖禅寺回家，湖上没有桥，只得涉水渡过西湖，所以腰以下全沾湿了。"

苏学士知道朝云牵挂婴儿，虽然已经死去变成鬼，仍然舍不得自己的孩子。他不敢惊扰她，只能静默地看着。朝云哺乳完毕，放下孩子，推开门走出去，到了西湖边，涉水泅渡，从水路一直走到小孤山，消失不见了。苏学士站在窗前，心里又是感动又是难过。当时寒冬水冷，他怜悯她涉水艰难，于是下令修筑一道堤，从西湖东岸通到小孤山。

一天半夜，苏学士从睡梦中醒来，发现朝云坐在床前，正给幼儿哺乳。

他以为这样一来，朝云的魂魄就可以走这条堤过来，不必再夜夜涉水渡湖了。

但是谁知道呢？这道堤筑好之后，竟再见不到朝云回来哺乳。原来，筑了堤，就有了堤神。堤神是不会允许阴间的鬼魂通过的啊！

苏学士惆怅极了，然而事情已经不可补救。那个婴孩失去亲娘的哺育，不久，也夭折了。

后人为了纪念这件事，把这道堤称为“苏堤”。

（完）

## 后记：

2017年底，我去惠州西湖，走过苏堤，问景区的店员，她是当地人，然而并不知晓“朝云涉水乳儿”的故事。后来再问服务站一位当导游的姑娘，她说那是无稽之谈，抹杀了苏东坡关心民生修筑水利工程的功绩。

然而，这些乡间的传说在城市化的进程中日渐式微了。为了它们不至于消逝无迹，如渡渡鸟般灭绝——咱来高调地讲述它们吧！

本故事参考资料：顾希佳《墓中儿啼——“鬼母育儿”型故事解析》；林兰《沙龙》之《渡水乳儿》。

# 姑嫂墓

早时广州沙湾有户姓何的人家，他们是由韶关南雄迁来的。这家人小姑与嫂子感情很好，小姑事事帮助她的嫂子，平日闲聊，甚至说出过“不求同年同月同日生，但愿同年同月同日死”的誓约。

一天清早，小姑在阳台帮嫂子晾晒小孩子的衣裳，突然一阵大风吹刮过来，小姑站立不稳，从二楼跌下，摔死了。

嫂子十分悲哀，对家里人说：“小姑为了晾晒我儿子的衣裳失足离世，她还没有嫁人，将来哪里有人祭祀她呢？不如把她的骨殖留着，将来和我葬在一起。”

后来，这嫂子的儿子长大，十分孝顺，

婆婆，这把伞给你用吧！

母亲病逝以后，他想起她的遗言，便想寻找一块好墓地，把母亲与姑姑葬在一起。

但是呢，四处寻找，总没能找到合意的墓地。

一天，他走入山里，忽然“沙啦啦”下起大雨。迎面来了一个老婆婆，她没有带雨具，眼看就要淋湿了。何家的年轻人心地善良，连忙撑伞走上前，帮老婆婆挡雨：“婆婆，这把伞给你用吧！”

老婆婆摇摇头：“不好，不好，雨伞给了我，你怎么办？”

“没事，我还年轻，淋点雨顶得住；婆婆你年纪大，这山里风又大，淋湿了要生病哩！”

“也好，也好，多谢你。”

年轻人与老婆婆站在同一把雨伞底下，说了好一会话儿。听说他要为母亲和姑姑找墓地，老婆婆伸手朝左前方一个凹洞指了指：“这座山头叫‘只手抱孩儿’，那块是‘牛眠地’，用作墓地十分适宜，虽然不会大富大贵，但是子孙绵长，也能兴旺发达。”

年轻人把这话记在心里，说：“多谢婆婆吉言。”

“这把伞我就撑走了，改天，你到榨粉街尾我家中拿回吧！”说着，老婆婆撑伞走了。

过了几天，年轻人走到榨粉街，想起老婆婆，就顺道去到街尾。不过，榨粉街街尾没有房屋，只有一座土地庙，土地公公和土地婆婆端端正正坐在庙里，土地婆婆笑眯眯的，手里拿着那把雨伞。

年轻人明白了，原来，前天山里遇到的是土地婆婆呀！他想，土地婆婆指给他的墓地肯定错不了。于是他择了一个好日子，把母亲和姑姑合葬在那块“牛眠地”。因为姑嫂合葬，所以称为“姑嫂墓”。

据说，现在沙湾何姓人家便是那年轻人传下来的。何家世代绵延，生活富足，可见那墓地的风水确实是不错的。

（完）

## 后记：

刘万章先生搜集了两个“姑嫂墓”故事版本，可见这个故事真实流传于广州沙湾。我特别喜欢何姓年轻人与土地婆婆相遇的那一情节，它勾起我亲切的童年幻梦。芦村有好多座小小的土地庙，小时候一到雨天，我总想象土地公公和土地婆婆会走出去，四处逛逛，摘摘荔枝什么的。如今荔枝林不在了，土地庙仍在，庙前的对联也不改，仍旧清清楚楚写着“公公公十分公道，婆婆婆一片婆心”。

本故事参考文本：林兰《沙龙》之《姑嫂墓一》、《姑嫂墓二》刘万章（讲述）；百度百科“姑嫂墓”词条。